W0393987

Unverkäufliches Leseexemplar
für Buchhandel und Presse.
Bitte veröffentlichen Sie Ihre Besprechung
nicht vor dem 14. Februar 2022.
Wir danken für Ihr Verständnis.

Für Ernst und Dieter

We were angry children then
We were wild and untamed
Now our hearts are stolen gems
And our weapons are all aimed

Paul K and the Weathermen

I

In der Nacht, in der Frankie Danilo zum ersten Mal wiedersieht, platzt ein Wasserrohr in der Eisenbahnstraße. Durch die Fenster vom Klubheim blitzen die orangefarbenen Warnlichter des Einsatzfahrzeugs, das Blaulicht eines Polizeiwagens mischt sich darunter, reflektiert in den Schnapsflaschen im Wandregal hinter dem holzvertäfelten Tresen. Es ist die kälteste Nacht des Jahres, das auf die Fahrbahn sprudelnde Wasser gefriert zu einer riesigen Eisfläche und die Straße muss über die gesamte Breite gesperrt werden. Das Kassettenradio im obersten Fach des Regals meldet die Sperrung und den Wasserrohrbruch. Frankie lächelt und brennt sich eine an. Toni dreht am Spülbecken den Wasserhahn auf, aus dem bald ein Rinnsal fließt, das schnell versiegt. Frankie lehnt sich über die Theke und betrachtet den letzten Tropfen, der am Auslass des Hahns zittert, und für einen Moment herrscht vollkommene Stille im Klubheim, keiner spricht, das Rundfunkprogramm scheint unterbrochen, die Spiralen und Pyramiden des Spielautomaten neben der Tür schweigen, kein Geräusch von der Straße. Aber die perfekte Sekunde ist im Klubheim immer schnell vorbei. Draußen startet ein Motor, im Radio das Signal für das Ende der Verkehrsmeldungen, und Toni stellt den Sender leiser und sagt: Ich geb einen aus.

Er nimmt den Apfelkorn aus dem Regal und schenkt drei Schnapsgläser voll. Und während der Eisenbahnstraße das Leitungswasser ausgeht, führen Frankie und Toni und Acki die Gläser an ihre Lippen und trinken, und Toni sagt: Letzte Runde, Freunde.

Frankie steht auf und geht zum Fenster und betrachtet die Männer, die in dicken Jacken, Thermohosen und Warnschutzwesten über das gefrorene Wasser schlittern. Die Lichter glänzen und reflektieren auf der Eisfläche, die schwarz wie ein Gletschersee zwischen den Schneehaufen am Straßenrand liegt, und fast wirkt es, als spucke die Nacht verlorene Seelen aus, die auf der Suche nach dem Zugang zur Unterwelt straucheln. Einer von ihnen rutscht aus und fällt hin. Der Mann hält sich den Kopf, nachdem ihm die Arbeiter aufgeholfen haben. Frankie beobachtet ihn, wie er mit den Männern spricht. Er wendet sich ab und kommt auf das Klubheim zu. Noch immer hält er sich den Schädel, sein Gang aber ist sicher und präzise. Und Frankie kennt diesen Gang. Er setzt sich auf seinen Platz am Tresen, erinnert sich, wie wir das erste Mal mit Danilo sprechen an der Parkbank Ecke Paradies und Römer, wie Danilo Jacky-Cola aus der Dose trinkt und sagt: Hirn war aus, als ich an der Reihe war, gab nur noch große Fresse.

Acki hebt die Hand und sagt: Wenn es hier in Stuttgart schon so kalt ist …, und verstummt, als die Tür vom Klubheim sich öffnet und Danilo eintritt. Wortlos zieht er einen Hocker neben Frankie und setzt sich, selbstverständlich wie ein König, zurückgekehrt aus dem Exil. Er klopft eine Camel aus Frankies Schachtel und brennt sie an. Danilo ist dünner als früher, seine Haut gelblich, die Nasenlöcher sind groß und schwarz, seine langen blonden Haare strähnig. Er wendet den Kopf und Frankie sieht, dass Danilos rechtes Auge aus Glas ist.

Pamela ist vor vier Monaten gestorben, sagt er.

Danilo hat keine Jacke an, nur einen kanariengelben Pullover. Er trägt keine Warnweste, hat keine reflektierenden Streifen an der Hose.

Tut mir leid, sagt Frankie.

Muss nicht, sagt er.

Schwer für deine Familie bestimmt, sagt Frankie.

Die sind tot, sagt er.

Alle? fragt Frankie, deine drei Brüder auch?

Besser so, sagt er.

Wohnst du noch Paradies und Römer? fragt Frankie.

Danilo blickt sich im Klubheim um: Erinnert mich ans König-Wilhelm.

Ich komm nicht oft her, sagt Frankie, ich wohn nur gleich gegenüber.

Ich weiß, sagt Danilo, und mit einer Kopfbewegung schüttelt er sich die Haare aus dem Gesicht, wie er es schon immer gemacht hat, und steht auf.

Was sitzt auf dem Baum und macht »Nuk, Nuk«? fragt er.

Halt dein Maul, sagt Frankie.

Danilo lacht und klopft drei Mal auf die Theke und geht. Frankie sieht ihm nicht nach, wie er zurückkehrt ins Eis. Zwölf Jahre, denkt er. Und dass er genauso lange nicht mehr an meinem Grab war. Ob es das überhaupt noch gibt, fragt er sich. Dass ich das auch nicht weiß, würde ich ihm sagen, wenn er mich hören könnte.

Frankie, fragt Acki vom anderen Ende der Theke, was sitzt denn auf dem Baum und macht »Nuk, Nuk«?

Sei still, sagt Frankie.

Ein Kuckuck mit einer Hasenscharte, sagt Toni und lacht und stellt Frankie eine Flasche Bier hin und sagt: Komm, nichts für ungut.

Als Frankie aus dem Klubheim tritt um Mitternacht, blickt er zu den Arbeitern, die um ein Loch in der Straße stehen, das ausgeleuchtet wird mit Scheinwerfern auf Stativen, in deren Licht die Atemwolken silbern und flüchtig glänzen. An seiner Haustür hängt eine Bekanntmachung der EnBW, dass das Wasser abgestellt ist wegen einer Havarie. Als er aufschließt, sieht er Ellen vor sich, wie sie im Regen steht, zart wie Nebel, ohne Jacke, wie immer, das nasse T-Shirt klebt ihr am Körper, die Stiefeletten aufgeweicht, ihr Blick unendlich hinter den tropfenden Haaren. Für einen Wimpernschlag gibt er sich seiner Sehnsucht hin nach unserer wunderschönen Ellen mit dem Gang einer Katze und dem Herz aus Stein.

Das Mondlicht fällt durch einen Spalt zwischen den Vorhängen ins Kinderzimmer. Die Heizung rauscht. Silvester liegt quer in seinem Bett und schläft. Er hat die Decke weggestrampelt, ein Bein angezogen, die Faust um sein Spielzeugauto geschlossen. Frankie kennt nichts Schöneres als ihn, wenn er so daliegt und schläft. Die Rundung seiner Schultern, die Füße, die aus dem geringelten Schlafanzug herausschauen, sein gleichmäßiger Atem. Daran versucht er zu denken, jeden Tag, dass diese Schönheit mit einem Preis kommt, dass es nur das ganze Paket gibt oder nichts.

Gute Nacht, sagt Frankie leise, deckt ihn zu und tritt zurück in den dunklen Flur und schließt auch die Tür zum Wohnzimmer, wo Petra auf dem Sofa vor dem Fernseher schläft.

Die Wasserleitung im Bad beginnt zu gluckern. Er öffnet den Hahn und betrachtet die Brühe, die ins Waschbecken spuckt. Nach fünf Sekunden wird der Strahl gleichmäßig und klar. Das Blitzen des Warnlichts hinter dem Milchglas des Badezimmerfensters erlischt. Während er sich Zahnpasta auf die Zahnbürste schmiert, fragt sich Frankie, wie Danilo ihn hier gefunden hat.

Am Morgen stellt sich Frankie schlafend, als Petra Silvester für den Kindergarten fertig macht und der sich weigert, die gefütterten Schuhe anzuziehen, bis sie ihn zwingt und er das Auto durch den Flur wirft, das er die ganze Nacht in der Faust gehalten hat wie einen Schatz. Sie öffnet die Schlafzimmertür und sagt, sie braucht Geld zum Einkaufen. Dass er doch erst kürzlich zweihundert in die Schatulle gelegt hat, sagt Frankie und sie antwortet: Das war vor zweieinhalb Wochen.

Ich habe jetzt nichts, sagt er und Petra knallt die Tür und er ruft ihr zu, dass er ihr seine Karte liegen lässt.

Frankie kommt zu spät zur Arbeit, aber das ist egal. Der Chef dreht sich nicht um, als er sich an seinen Arbeitsplatz setzt. Der Chef steht am Fenster, stößt Rauch durch die Nase aus und winkt jemandem, der die Straße entlanggeht.

Ist ein Rohr geplatzt gestern hier, sagt er, kam im Radio.

War mal was los, sagt Frankie.

Der Chef brennt sich noch eine Zigarette an und sieht weiter aus dem Fenster. Er dreht den Kopf hin und her, als halte er Ausschau nach jemandem.

Ist das alles, was ich heute habe? fragt Frankie und zeigt auf die beiden Arbeitsschalen mit Interimsprothesen.

Ich weiß doch auch nicht mehr weiter, sagt der Chef und geht in sein Büro.

Frankie poliert die Krone, die er gestern gegossen und ausgearbeitet hat, und freut sich über den Glanz, den er auf die minderwertig silbrige Legierung bekommt. Nachdem er die Krone und das Gipsmodell mit dem Dampfstrahler gereinigt und zusammengesetzt hat, legt er beides zurück in die Schale mit dem Auftragszettel und stellt sie dem Chef zur Kontrolle auf seinen Arbeitsplatz. Die Bürotür steht offen. Das Büro ist leer. Mindestens ein Mal am Tag verlässt der Chef wortlos das Labor. Frankie kann ihn manchmal von seinem Platz aus sehen, wie er die Eisenbahnstraße überquert. Er verschwindet dann im schwarzen Loch hinter den elektrischen Schiebetüren der Spielothek, für ein, zwei, selten für drei Stunden. Wenn er wieder auf die Straße tritt, blinzelt er gegen den Tag, die Hände in den Hosentaschen. Seine Augen sind rot, kommt er ins Labor zurück. Oft fragt er Frankie nach Münzen für den Zigarettenautomat. Dann geht er noch mal runter. Manchmal kommt er gleich wieder, stellt sich ans Fenster, reißt das Zellophan von der Schachtel, brennt sich eine an und redet über Geld. Manchmal bleibt er fünf Minuten, zehn Minuten, eine halbe Stunde mit den Münzen fort, ehe er schweigend durch die Tür tritt, sich eine Zigarette aus Frankies Schachtel nimmt und still raucht. Während die Lichterketten blinken an der Fassade des Automatencasinos gegenüber, blicken sie gemeinsam aus dem Fenster auf die Eisenbahnstraße. Und wenn der Chef sich dann abwendet, um in sein Büro zu gehen, legt er Frankie manchmal die Hand auf die Schulter und sagt: Schwermut plus Wermut gleich täglich viel Leergut.

Mittags beginnt es zu schneien. Der Wind treibt die Flocken fast waagerecht durch die Häuserflucht und pfeift in den undichten Kassettenfenstern. Frankie stellt die zwei Interimsprothesen fertig, räumt seinen Platz auf und wartet, bis Feierabend ist. Das Ticken der Uhr an der Wand, das Rattern des Thermostats der Gastherme, der Verkehr auf der Eisenbahnstraße, sonst kein Geräusch. Er zieht seinen Arbeitskittel aus und seine Jacke an. In der Packung auf seinem Tisch sind noch zwei Zigaretten. Er brennt sich eine an und lässt die letzte für den Chef, löscht das Licht und aktiviert die Alarmanlage. Draußen sieht er den Chef aus dem türkischen Wettbüro an der Ecke kommen. Der Chef geht langsam den Gehweg entlang. Er ballt die rechte Faust zum Jubel. Er sieht sich nicht um, als er die Spielothek betritt.

2

Sättler trinkt den Tee nicht, den Danilo ihm bestellt hat. Danilo erklärt ihm, dass ihr gemeinsamer Freund die gesamte Summe, die Sättler ihm schuldet, Ende der Woche wiederhaben möchte, schließlich haben sie eine Vereinbarung. Sättler schaut auf Danilos Hände mit den kaputten, knotigen Knöcheln.

Wie kann ich unseren gemeinsamen Freund denn erreichen, fragt er, wenn irgendetwas ist?

Ich bin der Inkasso-Unternehmer, sagt Danilo, du wendest dich ausschließlich an mich.

Aber, sagt Sättler, Mo hat mir doch immer das Geld gegeben.

Er zeigt auf den kleinen Mann hinter dem Wetttresen und Danilo schüttelt den Kopf.

Was denkst du, sagt er, du bist doch ein kluger Mann, in welcher Position soll Mo sein, irgendwelche Kredite zu vergeben an Typen wie dich?

Inkasso-Unternehmer, sagt Sättler, weisen Sie Umsatzsteuer aus?

Danilo blickt ihm in die Augen. Er stellt sich vor, wie er ihm den Zeigefinger bricht im Gelenk, das er so lange überdehnt, bis es Klack macht und der Finger an der Wurzel im rechten Winkel absteht. Dieser absurde Anblick, der ihn und sein Opfer immer wieder gleichermaßen erstaunt. Sättler senkt den Blick auf den Tisch und schiebt ihm einen Umschlag zu: Können Sie sich vorstellen, wo ich überall Schulden habe?

Mich interessieren nur die fünfundfünfzigtausend, die du unserem gemeinsamen Freund schuldest, sagt Danilo.

Sättler schüttelt den Kopf: Der Rest kommt wie vereinbart.

Er steht auf und geht zum Wetttresen und studiert den mittleren Bildschirm mit der Übersicht der Spiele, auf die die Wetten noch offen sind. Er setzt auf eine Partie der Süperlig, fünfzig Euro, Rizespor liegt fünf Minuten vor Schluss eins zu null hinten gegen Besiktas. Die Quote kann Danilo nicht erkennen von seinem Platz aus. Mo schüttelt den Kopf.

Immer dasselbe mit dir, Harald, sagt er, dein letztes Geld?

Sättler nickt. Danilo brennt sich eine Zigarette an und beobachtet ihn, während Rizespor den Ausgleich erzielt. Das Siegtor für Rizespor fällt in der Nachspielzeit. Sättler jubelt nicht. Er rollt das Geld zusammen, das er gewonnen hat, steckt es in die Innentasche seiner Jacke und verlässt das Wettbüro. Draußen erst ballt er die Faust zum Jubel.

Frankie steht in der Tür auf der anderen Straßenseite. Er schaut seinem Chef nach, der zur Spielothek läuft. Dann geht er entgegengesetzt die Eisenbahnstraße runter. Der Wind bläst seine Jacke auf, der Schnee wirbelt um ihn herum. Er verzieht das Gesicht mit der Zigarette im Mundwinkel.

Er hat immer noch den Gang eines Kindes, mehr Fallen als Gehen. Danilo hätte ihm gestern gerne das Gesicht auf die Theke gedrückt, so lange, bis ihm vor Hilflosigkeit und Schmerz Tränen in die Augen steigen. Der Drang, ihm wehzutun, ihn zu erniedrigen, war riesengroß. Aber ich rufe ihm aus der Ferne, von weit über den Dächern zu: Das ist doch unser Frankie, ich hab dir nicht verraten, dass er jetzt hier wohnt, damit du ihm wehtust. Meine Stimme ist leise, der Wind trägt sie draußen am Klubheim vorbei, aber Danilo hört mich.

In dem Umschlag sind nur achttausend Euro und nicht zehntausend, wie vereinbart. Danilo überlegt. Ein junger Türke bringt ihm ein Glas Tee. Er klimpert nach einer Münze in der Hosentasche, der junge Türke schüttelt den Kopf, hebt abwehrend die Hände. Danilo betrachtet den Tee. Acht statt zehn, denkt er, Umsatzsteuer, denkt er.

Sättler sitzt in der Spielothek vor einem Automaten in der hinteren Ecke. Die Aufsicht kocht Kaffee, sagt etwas, Sättler lacht und antwortet: Drei Stück Zucker, wie immer.

Zwei andere Spieler an der Tür, die sich nur für ihre Automaten interessieren. Sonst ist niemand hier. Danilo tritt hinter Sättler, der zwei Euro pro Linie gesetzt hat. Zehn Linien hat der Automat. Sein Geld rasselt nur so durch. Danilo klemmt Sättlers Ohrläppchen zwischen Zeigefinger und Daumen, zieht ihn vom Hocker und hinter sich her zum Klo. Der Hocker fällt um, Sättler schreit, schlägt nach Danilo, der dreht fester am Ohr, dass Sättler sich nicht mehr wehren kann. Die Aufsicht nimmt ihr Handy und Danilo schüttelt den Kopf und sagt: Das willst du gar nicht tun, und sie legt das Telefon wieder hin. Er lässt Sättler mit der Stirn gegen das Waschbecken laufen, schließt die Toilettentür und lehnt sich dagegen. Es stinkt auf dem Klo. Lüftung defekt, Bitte hier nicht rauchen, steht auf einem Zettel, der am Spiegel klebt. Sättler hat Tränen in den Augen. Er reibt sein Ohr, die Stirn.

Danilo senkt den Blick und betrachtet seine knotigen Hände, die abgenagten Fingernägel. Ohne den Blick zu heben, sagt er: Ich dachte, du bist ein kluger Mann.

Er gibt Sättler eine Ohrfeige. Das Klatschen hallt laut in der bis zur Decke gefliesten Toilette. Er ohrfeigt ihn noch mal. Diesmal mit links.

Ich nehme das persönlich, sagt Danilo.

Ich brauche doch bisschen, sagt Sättler und Danilo schüttelt den Kopf und gibt ihm noch eine Ohrfeige: Ich brauche, sagt er, ich!

Er genießt diesen Moment. Er sucht nach der Verzweiflung im Blick von Sättler, wie er den Kopf einzieht, wie er die Hand ausstreckt. Doch Danilo spürt den Schmerz kommen in sich drin, wie man einen Zug hört auf offener Strecke. Er hat vergessen, seine Tablette zu nehmen. Er beißt sich auf die Unterlippe und seine Nieren singen: Wir klingeln gleich! Wir klingeln gleich! Sättler lächelt. Danilos Innereien singen und klingeln wie ein Bäumchen. Er will ihn noch mal ohrfeigen. Aber ihm fehlt jetzt die Kraft.

Morgen komm ich wieder, sagt er, wir zwei sind noch nicht fertig.

Er verlässt die Toilette und die Spielo. Er läuft den Gehweg hinab, drückt eine Oxycodon aus der Packung und schluckt sie trocken auf dem Weg zur Pension. Er legt den Kopf in den Nacken, der Schnee fühlt sich gut an auf seinem Gesicht. Er atmet ein. Er atmet aus. Er sieht das Bett in seinem Zimmer. Wie er darauf liegt. Er schwitzt.

Den Tumor stellt er sich wie die Knospe einer Blume vor, die an seiner Niere wächst. Wenn er die Augen schließt, kann er sie sehen, wie sie aufblüht. Sie wird schön und rot und fleischig sein und groß wie eine Pfingstrose und duften wie der Frühling.

Er ist zum Arzt gegangen, nachdem er zwei Mal hintereinander Blut gepinkelt hat. Dr. Demsky tastete ihn ab und sagte: Spüren kann ich nichts, schwitzen Sie viel in der Nacht, fühlen Sie sich abgeschlagen?

Verschreiben Sie mir ein Schmerzmittel, sagte Danilo.

Herr Rabanser, ich muss einen Ultraschall machen und Ihnen Blut abnehmen, sagte Demsky und legte ihm die Manschette des Blutdruckmessgerätes an.

Oxycodon, sagte Danilo und öffnete den Klettverschluss der Manschette wieder, es fängt an, wehzutun.

Ich mach Ihnen einen Termin, sagte Demsky, ich ruf den Radiologen für Sie an, dann geht es schnell.

Wir verstehen uns bestimmt, sagte Danilo und wusste, dass Demsky ihn verstand, weil er ihn früher schon oft verstanden hatte, und der Arzt nahm den Rezeptblock aus der Schublade und schüttelte den Kopf. Seitdem träumt Danilo fast jede Nacht denselben Traum von einem gelben, lichten Raum, in dem er auf einer Pritsche sitzt und wartet. Alles ist schön in dem Traum. Nur kann er sich nicht bewegen. Vor der Tür zu dem Raum stehen Fremde ohne deutlich erkennbare Gesichter. Sie stehen nur da und schauen. Er will weglaufen, kann aber nicht. Dann wacht er auf. Immer. Vor dem Fenster fällt weiter der Schnee. Das Oxycodon wirkt. Es wird dunkel draußen.

Der ist nicht schwer zu deuten, dein Traum, flüstere ich ihm ins Ohr.

Ich hab keine Angst, sagt er.

Das ganze Schweinefleisch, flüstere ich, hab ich nicht immer gesagt, du isst zu viel Schweinefleisch?

Was, Schweinefleisch, sagt er.

Ich kenne alle Wahrheiten, sage ich und Danilo weiß, dass das stimmt. Er bleibt still. Weiter fällt der Schnee. Die Geräusche von draußen gedämpft, durchdrehende Reifen irgendwo.

Frankie ist gesund, rufe ich durch den Schnee, der ist wie neu und ganz rein, außen wie innen.

Was steht auf der Wiese und macht »Fuh«? fragt Danilo.

Ohne Hasenscharte wäre er doch nicht unser Frankie, rufe ich, der wird hundert Jahre alt.

Vorher bringe ich ihn um, sagt Danilo und ich lache, das steht nirgends geschrieben.

Ich tu ihm richtig weh, sagt Danilo.

Du wirst ihn noch brauchen, flüstere ich.

Was willst du überhaupt bei mir? sagt Danilo, er war dein bester Freund.

Überleg mal, sage ich, überleg einfach mal.

3

Hast du den Schlitten mitgebracht? fragt Silvester.

Am Wochenende gehen wir, sagt Frankie, ich muss den erst aus dem Keller holen. Er sucht die Kleider zusammen, die auf dem Heizkörper im Verabschiedungs- und Begrüßungsbereich im Kindergarten trocknen. Er zieht Silvester an.

Holen wir ihn jetzt aus dem Keller, sagt Silvester.

Ist doch schon dunkel fast, sagt Frankie.

Alle anderen Kinder sind schon abgeholt. Die Erzieherin Karla wischt den Tisch ab, an dem sie bis eben mit Silvester gesessen hat. Er isst den Pick-up-Riegel, den Frankie ihm wie jeden Nachmittag mitgebracht hat.

Alle anderen Kinder haben einen Schneeanzug, ruft Karla, das ist blöd für den Silvester, so nass zu werden.

Ja, sagt Frankie.

Ich kauf die für meine beiden immer bei C&A im Schlussverkauf zwei Größen größer schon für den nächsten Winter, sagt sie.

Ja, sagt er.

Ein bisschen heiser ist er auch, sagt sie.

Wir haben noch was Wick MediNait, sagt er, reib ich ihm ein vor dem Schlafen.

Ich schwöre auf Manuka-Honig, sagt Karla, und Ingwer.

Ja, sagt er.

Ist ganz natürlich, sagt sie, und ohne Zucker.

Bis morgen, sagt er.

Ich höre da ein bisschen auf den gesunden Menschenverstand, sagt Karla, und Frankie nimmt Silvester an der Hand und öffnet die Tür und sie treten nach draußen in den Schnee.

Was gab es denn zum Mittagessen im Kindergarten? fragt Frankie, als sie über den Kirchhof gehen.

Weiß ich noch gar nicht, sagt Silvester.

Nudeln? fragt er und brennt sich eine Zigarette an.

Ja, Nudeln, sagt Silvester.

Oder Suppe, sagt Frankie, war heute nicht Suppentag?

Wo ist Mama? fragt Silvester.

Frankie schließt die Wohnungstür auf und Silvester rennt ins Wohnzimmer.

Ich will was anderes, sagt er und Petra schaltet von Pro7 auf den Kinderkanal.

Ich hab Fischstäbchen und Rahmspinat gekauft, ruft sie, und Vier-Käse-Nudeln.

Was ist dir lieber? fragt Frankie und macht sich ein Dinkelacker auf.

Egal, ruft Petra.

Die Tüte Penne mit Vierkäsesauce und die Fischstäbchen nimmt er aus dem Eisfach. Er heizt den Backofen vor für die Fischstäbchen. Die Nudeln mit den kleinen, gefrorenen Käsepellets schüttet er in die Pfanne, dazu vier Esslöffel Wasser, einen Schuss Olivenöl. Petra und Silvester lachen im Wohnzimmer. Er raucht eine Zigarette und blickt runter auf die Straße.

Da unten hat er Petra zum ersten Mal gesehen, am Ende eines langen, heißen Sommertages, in seinem ersten

Jahr hier, als es noch richtig brummte bei Sättler im Labor. Er sitzt auf den Stufen vor dem Haus und trinkt sein Feierabendbier. Sie geht vorbei im Gegenlicht der untergehenden Sonne. Sie trägt nur eine Shorts und ein Feinrippunterhemd. Ihre Nippel stechen darunter hervor, ihre Schultern sind knochig, die Haut pellt sich leicht und glänzt vom Schweiß. Er verspürt den Drang, sie zu beißen, ganz leicht nur, aber lang. Sie ist fast ein bisschen zu jung für ihn. Aber schon so schön. Sie sieht ihn an und er sieht sie an und blinzelt und sie strahlt für den Moment. Und am nächsten Abend kommt sie wieder vorbei. Sie bleibt vor ihm stehen, hinter ihr der Himmel rot und leuchtend, er kneift die Augen zusammen und sagt: Trinkst du ein Bier mit mir? Und sie nickt und setzt sich neben ihn auf die Stufe, und er öffnet ihr die Flasche Dinkelacker, die er für sie mitgebracht hat, und sie stoßen an. Auf der anderen Straßenseite lacht ihre Freundin hell und klar, steigt auf ihr Rad und fährt davon. Ich bin Frankie, sagt er. Ich bin Petra, sagt sie. Und sie schweigen und trinken und rauchen eine Weile und betrachten die Autos und Busse, die anhalten und losfahren und bremsen und Gas geben, bis er sagt: Manchmal hab ich das Gefühl, die Eisenbahnstraße ist eigentlich nur dazu da, dass der Verkehr durchfahren kann. Petra lacht. Die feinen, blonden Härchen auf ihren Unterarmen, die glatte Haut an ihren Ellbogen. Nächste Woche fange ich eine Ausbildung zur Altenpflegerin an, sagt sie, dann muss ich auch manchmal spätabends oder nachts arbeiten. Da gewöhnst du dich schnell dran, sagt er. Dann kann ich abends hier vielleicht nicht mehr vorbeilaufen, sagt sie. Dann warte ich auf dich, sagt er und ihre Hände berühren sich kurz, als sie nach ihren Zigarettenschachteln greifen.

Jetzt breitet Frankie das Backpapier auf dem Backblech aus, legt die Fischstäbchen darauf und schiebt es in den Ofen. Er stellt die Herdplatte auf 3. Er beobachtet, wie die Käsepellets schmelzen. Frankie dreht die Fischstäbchen um, er rührt die Nudeln durch, streut ein wenig Oregano darauf und hört Silvester lachen und rufen: Ninjago!

Er stellt die Teller mit dem Essen auf den Couchtisch. Silvester isst die Fischstäbchen mit den Händen, den Blick auf den Fernseher gerichtet.

Nimm die Gabel, bitte, Silvester, sagt Petra.

Silvester nimmt die Gabel, spießt das Fischstäbchen auf, beißt ab, legt die Gabel zurück auf den Teller und isst mit den Händen weiter.

Nimm die Gabel jetzt, sagt Petra, und hör auf zu schmatzen.

Er schmatzt doch gar nicht, sagt Frankie.

Die Folge Ninjago ist zu Ende. Petra schaltet um. Erst Bares für Rares im Dritten, dann SOKO Köln auf dem Zweiten.

Da war früher eine Schauspielerin aus Heidenheim dabei, sagt Frankie.

Wenn der jetzt nicht gleich die Gabel nimmt zum Essen, dreh ich durch, sagt Petra.

Ich kannte die über einen Freund, sagt Frankie und Petra beugt sich vor und gibt Silvester einen Klaps auf den Kopf.

Gabel, sagt sie, wir wollen hier anständig zu Abend essen.

Danilo kannte die, sagt er, hab ich dir von Danilo mal erzählt?

Der mit dem Diabetes, der tot ist? fragt Petra.

Das war Ferry, sagt er und Petra sieht ihn an und sagt:

Ist das zu viel verlangt, wenn ich einfach möchte, dass das Kind anständig isst?

Nein, sagt er.

Silvester nimmt die Gabel und spießt ein Fischstäbchen auf. Werbung. Silvester lacht, nimmt das Fischstäbchen mit den Fingern von der Gabel und beißt hinein.

Mann, sagt Petra und steht auf. Sie stellt ihren halb vollen Teller auf den Tisch und geht aus dem Wohnzimmer in die Küche. Ihr Feuerzeug schnappt.

Guck mal, sagt Silvester und lacht und zeigt mit dem Fischstäbchen auf den Fernseher, ein Stück Panade bricht ab und fällt zu Boden. Frankie isst seinen Teller leer und dann Petras. Er trinkt sein Bier aus und steht auf. Silvester sieht ihn von unten herauf an, den mit Ketchup verschmierten Teller auf seinem Schoß, und hält Zeige- und Mittelfinger vor den Mund, als rauche er eine Zigarette. Frankie nickt. Silvester greift die Fernbedienung vom Couchtisch und schaltet um, während Frankie auf dem Weg in die Küche seine Camels aus der Hosentasche fummelt.

Wir reden gar nicht mehr, sagt Petra, als er seine Zigarette anbrennt.

Der Fernseher läuft ja immer, sagt er.

Ich weiß, sagt sie.

Wir könnten morgen Abend hier in der Küche essen, sagt er.

Wir haben gar keinen Stuhl für Silvester, sagt sie.

Irgendwo haben wir einen Tripp Trapp, sagt er, im Keller, glaub ich.

Ich hätte Silvester nicht auf den Kopf hauen sollen, sagt Petra und blickt zu Boden.

War doch nur ein Klaps, sagt Frankie.

Ständig will ich einfach nur schlafen gehen, sagt sie.

Das ist die Dunkelheit im Januar, sagt er.

Ist im Juli auch nicht besser, sagt sie.

Silvester kommt mit seinem Teller in die Küche, stellt ihn auf die Arbeitsplatte und sieht Frankie an.

Gibt's Nachtisch? fragt er.

Frankie zeigt zum Kühlschrank. Silvester öffnet das Eisfach, zieht die mittlere Schublade heraus, nimmt sich ein Kaktuseis und läuft ins Wohnzimmer zurück.

Aber nicht kleckern, ruft Petra.

Als wir das erste Mal zusammen Eis essen waren, sagt Frankie, hast du ein Magnum Mandel genommen.

Ich dachte immer, sagt sie, weil es das teuerste ist, ist es das beste.

Silvester lacht im Wohnzimmer. Er ruft irgendetwas, das sie nicht verstehen können.

Wo warst du gestern eigentlich? fragt Petra.

Im Klubheim, sagt Frankie.

Seit wann gehst du da wieder hin? fragt sie.

Mir war danach, sagt er.

Geh da nicht mehr hin, sagt sie, der Toni füllt doch bestimmt immer noch die jungen Mädels ab.

Ich weiß, sagt er.

Ich hab überlegt, mit Silvester für eine Zeit zu Mama und Matthias in den Schwarzwald zu gehen, sagt sie.

Warum denn das? fragt er.

Die frische Luft tut Silvester gut, sagt sie, der hustet seit Monaten.

Für ein, zwei Wochen, sagt Frankie.

Die Einliegerwohnung in Matthias' Haus wird frei zum Februar, sagt sie, da kann ich mit Silvester rein und muss nicht mal was zahlen.

Du kannst doch in das Gästezimmer für die zwei Wochen, sagt er.

Ich hab nicht von zwei Wochen gesprochen, sagt sie.

Was willst du denn da? fragt er.

Und ich könnte bei Matthias in der Firma arbeiten, sagt Petra, der braucht eine Halbtagskraft fürs Büro.

Seit wann plant ihr das denn schon? sagt Frankie.

Wir planen gar nichts, sagt sie.

Das klingt aber nach einem Plan, sagt er, einem ziemlich fertigen Plan.

Das Ganze hier, sagt sie, macht mich fertig.

Was denn? sagt er.

Alle sind vom Sättler weg, zum Beispiel, sagt sie, nur ein Beispiel, alle sind weg, nur du bist geblieben und verdienst jetzt weniger, wie als wir uns kennengelernt haben.

Ich wollte ihn halt nicht im Stich lassen, sagt er.

Ich glaube, du willst einfach nirgendwohin, sagt sie, und das macht mich fertig, du willst nix besser machen, du willst sitzen und rauchen und damit zufrieden sein.

Aber wir haben doch alles, sagt er.

Du hast vielleicht alles, sagt sie und blickt zu Boden.

Er denkt an die beiden Interimsprothesen, die er heute gemacht hat. Er fragt sich, wie lange es her ist, dass er eine wirklich hochwertige Arbeit machen musste, oder durfte.

Silvester freut sich auf den Schwarzwald, sagt Petra, da kann er mit der Tochter von Matthias' Sohn im Garten spielen, der wohnt gleich nebenan, die können da einfach raus. In die gleiche Kita kann er auch. Oder Mama passt auf ihn auf.

Silvester kommt in die Küche. Er legt das Kaktuseispapier auf die Arbeitsplatte.

Kann ich noch eins? fragt er.

Nimm dir so viel du willst, sagt Frankie und Silvesters Gesicht leuchtet auf für den Moment.

Nix gibt's mehr, sagt Petra.

Sie rauchen, nachdem Silvester aus der Küche gegangen ist. Frankie nimmt sich noch ein Bier aus dem Kühlschrank.

Hast du jemanden kennengelernt? fragt er.

Quatsch, sagt Petra.

Er stellt das Fenster auf kipp und blickt auf die Straße. Toni schippt Schnee vor dem Klubheim. Ein leerer Reisebus fährt durch die Eisenbahnstraße, die Innenbeleuchtung eingeschaltet. Petra drückt ihre Zigarette aus und geht ins Wohnzimmer. Silvester hustet.

4

Weißt du, flüstere ich und warte, bis Danilo die Augen aufschlägt, Frankie stellt sich oft vor beim Einschlafen, dass er ein Boxer ist. Er stellt sich vor, dass er der jüngste, der talentierteste Profi im Weltergewicht Deutschlands war, der seine Karriere beendet hat, weil er in einem Kampf seinen Gegner mit einem rechten Cross hinter die Deckung für Wochen ins Koma und für Monate in die Reha geschickt hat. Er hört auf mit dem Boxen, weil er niemandem mehr wehtun will. Er verzichtet auf Geld, auf Frauen, auf Ruhm, weil er ein guter Mensch ist, weil er niemanden mehr schlagen kann. Er geht weg aus Heidenheim, lässt alles und alle zurück, lernt Zahntechniker, lebt hier in der Eisenbahnstraße, niemand weiß von seiner vergangenen Größe. Auch die Boxwelt hat ihn scheinbar vergessen. Nur einer nicht. Der aktuelle WBA-, IBF- und WBO-Weltmeister. Eine lange Karriere liegt hinter ihm, er hat alles erreicht, ist im Begriff zurückzutreten. Er ist ungeschlagen. Nicht ganz. Einen Kampf hat er verloren, den ersten seiner Profikarriere. Gegen unseren Frankie hat er verloren, gegen unseren Frankie, stell dir vor. Und ihn fordert er jetzt für seinen letzten Kampf heraus. Bietet ihm eine Millionenbörse für einen Rückkampf, aus eigener Tasche. Er muss gegen ihn gewinnen, all seine Erfolge sind sonst wertlos. Und irgendwann sagt Frankie zu, obwohl er weiß, es ist Selbstmord, nach zwölf Jahren ohne Training wieder in den

Ring zu steigen gegen den Champ. Er betritt ein Gym hier in der Eisenbahnstraße, wo ihn die jungen Türken auslachen, seine stockfleckigen Trainingsklamotten, die brüchigen Mullbinden für seine Hände. Aber er fordert den stärksten unter ihnen zum Sparring, und nachdem er in der ersten Runde noch einsteckt, melden sich in der zweiten seine Instinkte wie bei einem Raubtier, das lange eingesperrt war, aber noch Erinnerung besitzt an den Geruch der Angst, den ein Beutetier auf der Flucht wie eine Fahne hinter sich herzieht. Wie bei einem Raubtier, das noch eine Ahnung hat vom Geschmack frischen Bluts, in dem die Panik des letzten Herzschlags tobt. Er schickt den taumelnden Türken in der zweiten Runde auf die Bretter, klopft ihm den Zahnschutz aus der Gusche, und der Coach hat unseren Frankie längst erkannt an seiner unüberwindbaren Führhand, dem ansatzlosen Uppercut, seiner Beinarbeit, die zwischen Rechts- und Linksauslage pendelt und die immer noch legendär ist. Und die beiden, der Coach und Frankie, trainieren hart in dem Gym, und die jungen Türken bewundern ihn. Sie rufen ihn Champ, grüßen ihn auf der Straße und sind stolz – die gesamte Eisenbahnstraße weiß jetzt, wer er eigentlich ist.

Danilo blinzelt, sieht zur Decke, schließt die Augen. Das Licht der Nachttischlampe fällt sanft auf sein verschwitztes Gesicht. Eine Strähne hängt ihm ins Auge, er pustet sie weg. Der Schmerz ist nur mehr eine Erinnerung. Er ist schön, so selbstvergessen, wie er hier liegt. Und ich flüstere: Nach harten elf Runden in der ausverkauften Schleyer-Halle lehnt sich Frankie vor, wiegt den Oberkörper von links nach rechts – schwingt schwer das Gift in seine Hände und trifft mit einer Linken, der eine schnelle Rechts-links-rechts-Kombination folgt, die das Hirn des Champs zu Scherben klopft, der bewusstlos ist, bevor er mit dem Hinterkopf auf dem Segeltuch des Ringbodens aufschlägt. Und immer sitzen wir im Publikum, du, Ellen und ich, wir sind zusammen hier hochgefahren, um ihn kämpfen zu sehen. Und Frankie blickt in unsere Gesichter, die Arme in den Konfettiregen gereckt, während ihm sein Coach die drei Weltmeister-Gürtel umschnallt. Das ist ein ganz anderer Frankie als der, den wir kennen, das ist nicht der dürre Junge aus Paradies und Römer, mit dem ich jeden Tag meines Lebens verbracht habe ab der dritten Klasse, der ist aus ganz anderem Schrot als unser Frankie, und ihm doch so ähnlich, das wissen wir nur nicht.

Wie geht es meiner Schwester? fragt Danilo und der Wind weht mein Lachen fort, über das Dach der Pension, weit, weit weg, wie es immer passiert, fragt er mich nach Pamela, ob ich sie gesehen habe, ob es ihr jetzt besser geht. Danilos Schwester stirbt im letzten Licht eines Herbstnachmittags in einem Pflegebett im Wohnzimmer der Wohnung in Haus 1 Paradiesstraße Ecke Römerstraße. Die jüngeren Brüder kommen nur noch manchmal vorbei und stellen ihre Beute unter für ein, zwei Tage und holen sie dann wieder ab. Oder sie gefrieren für ein paar Stunden auf ihren alten, durchgelegenen Matratzen im Stockbett im Zimmer gleich neben der Wohnungstür und schwitzen ihr Gift aus. Nur Marcel wohnt noch da, zumindest offiziell. Die Eltern sind ihnen verloren gegangen in den Jahren wie Kleingeld, das durch ein Loch in der Hosentasche rutscht und liegen bleibt irgendwo. Als Pamela ausatmet in ihrem Pflegebett, zwei Mal, kurz und sanft – und ganz korrekt, als befolge sie ein Ritual, um dieses Leben zu verlassen –, und nicht mehr einatmet, nur ein wenig gurgelt, ist Danilo glücklich. Und fast frei. Er küsst ihre Stirn, die feucht vom Schweiß ist, noch warm und lebendig mit einer Seele dahinter, und er sagt ihr, dass er sie lieb hat, dass er sie immer geliebt hat, trotz allem, dann geht er auf den Balkon, um eine zu rauchen. Er kniet auf dem Sofa, das dem Pflegebett Platz machen musste und das den ganzen Balkon ausfüllt, und blickt hinab auf die Gehwegplatten, das Mäuerchen um die Grünfläche, den kleinen Spielplatz dahinter, den kahlen Bolzplatz. Paradies und Römer. Die Deutschlandfahne am Nachbarbalkon schlägt im Wind. Meine Schwester ist gestorben, denkt er. Mehr nicht. Meine Schwester ist tot. Niemanden hab ich mehr wirklich.

In der Wohnung riecht es nach gekochtem Kohl, nach gebratener Wurst. Vrancic hat sie ihm empfohlen. Wie Marilyn Monroe, hat er gesagt, nur Stuttgart Nordbahnhof halt. Sie geht vor ihm durch den schmalen Flur. Sie nennt sich Emma, sie ist nicht mehr ganz jung, sie trägt einen Seidenkimono. Sie ist fest und lebendig und warm. Hinter einer geschlossenen Milchglastür brennt ein kleines Licht.

Hast du dir die Zähne geputzt? fragt er.

Ja, klar, flüstert sie.

Du hättest lüften können, sagt er.

Dass so spät noch jemand kommt, sagt Emma, hab ich nicht erwartet.

Sie setzt sich auf das Bett in dem Zimmer am Ende des Flurs. Sie hat den Kimono ausgezogen und auf den Boden fallen lassen, hat nur noch Unterwäsche an, Strapse. Rote Lampen. Kondome liegen auf dem Nachtkasten. Das ganze Nuttenprogramm.

Ist keine Parfümerie hier, sagt Emma, komm jetzt, du bist doch bestimmt genauso heiß wie ich.

Er brennt sich eine Zigarette an und geht zu ihr.

So ein Kerl wie du, sagt sie und leckt sich die Lippen und öffnet seinen Gürtel, den obersten Knopf seiner Hose.

Ist noch jemand hier? fragt er.

Emma schüttelt den Kopf, fasst seine Hand mit der Zigarette und nimmt einen Zug. Mit einem Finger hebt sie den Bund seiner Unterhose an und bläst den Rauch hinein. Sie lacht. Sie hat ein schönes Lachen.

Mach das noch mal, sagt er und hält ihr die Zigarette an den Mund. Er hört ein Poltern.

Das ist oben drüber, sagt Emma, zieht an der Zigarette und bläst den Rauch aus. Er versucht, den Geruch nach Kohl und Bratwurst zu ignorieren, fasst ihr in die Haare, spürt die Stellen, wo die Extensions angeschweißt sind. Emma zieht ihm Hose und Unterhose runter. Er schließt die Augen. Er hört das Lachen eines Kindes. Ganz nah. Aus dem Zimmer nebenan. Er schiebt sie weg, drückt die Zigarette aus, zieht seine Hose hoch, den Reißverschluss, schließt den Gürtel.

Komm jetzt, sagt Emma, ich krieg dich schon steif.

Lass, sagt Danilo.

Komm, sagt Emma, Vrancics Leute sind doch sonst auch keine Schlappschwänze.

Sie fasst ihm in den Schritt. Und er schlägt ihr mit der Faust auf den Kopf. Sie fällt vom Bett und bleibt auf dem Boden liegen.

Hinter der Milchglastür brennt immer noch das kleine Licht. Er öffnet die Tür. Auf dem Sofa sitzt ein Mädchen und liest mit einer Taschenlampe in einem Lustigen Taschenbuch. Sie ist vielleicht acht, höchstens neun. Sie blickt ihn an.

Ihr wart aber leise, sagt sie, klappt das Buch zu und wirft

es auf den Couchtisch, kann ich jetzt wieder fernsehen, seid ihr fertig?

Was kommt denn? fragt Danilo und drückt den Lichtschalter.

Irgendwas kommt immer, sagt sie.

Fernsehen im Dunkeln ist ungesund, sagt er.

Sie zuckt mit den Schultern, greift sich die Fernbedienung und schaltet den Fernseher ein. Er setzt sich ans andere Ende des Sofas, brennt sich eine Zigarette an.

Wie heißt du? fragt er.

Sie antwortet nicht, schaut auf den Fernseher.

Ich heiße Danilo, sagt er, ich hab drei Töchter, die heißen Franziska, Ruby und Julie.

Schön, sagt sie.

Im Fernsehen läuft eine Dokumentation über das alte Rom. Das Mädchen stellt den Ton lauter. Dass Rom von elf Aquädukten mit Wasser versorgt wurde, berichtet die Stimme des Sprechers, die zusammen mehr als 400 km lang waren.

Wohnt ihr alle zusammen? fragt das Mädchen.

Ja, sagt er, wir haben ein schönes, großes Haus, mit einem kleinen See auf dem Grundstück. Im Sommer kann man da schwimmen und im Winter eislaufen. Auf den Kirschbäumen und Apfelbäumen kann man herumklettern, an einem Ast haben wir eine Schaukel aufgehängt. Da kann aber nur die Kleinste rauf, die anderen sind schon zu schwer.

Haben alle ihr eigenes Zimmer? fragt sie.

Ja, sagt er, mit Himmelbett und eigenem Bad und allem.

Das Mädchen schweigt. Sie blickt kurz zu Danilo und wieder zum Fernseher. Sie schaltet um.

Meine Frau und ich haben uns ein riesiges Bett bauen lassen, sagt Danilo, fast vier Meter breit, das ganze Schlafzimmer füllt es aus, und in der Nacht kommen die drei Mädels nacheinander zu uns, meistens wache ich morgens auf, weil ich irgendeinen Fuß im Gesicht habe.

Danilo lacht. Das Mädchen blickt zu ihm und lächelt. Emma kommt ins Zimmer. Sie raucht, hält sich den Kopf, sie schielt. Sie setzt sich zwischen Danilo und das Mädchen.

Du sagst ihm doch nichts, sagt sie leise.

Wie heißt die Kleine? fragt er.

So was gibt's hier bei uns nicht, sagt Emma, denk da gar nicht mal dran.

Er legt ihr die Hand in den Nacken und drückt zu: Wie sie heißt, will ich nur wissen.

Katharina, sagt das Mädchen.

Er lässt Emmas Hals los, sie lehnt sich zurück, reibt sich den Nacken. Ihr linkes Auge zuckt.

Du solltest jetzt schlafen gehen, Katharina, sagt Danilo, steht auf und legt ein Bündel Scheine auf den Tisch.

Welche Farbe haben die Himmelbetten? fragt sie.

Weiß, sagt er.

Zum Glück nicht Rosa, sagt sie und streckt sich auf dem Sofa aus.

Dein Auge, sagt er mit einem Nicken zu Emma.

Lass mich, sagt sie.

Es ist still jetzt, mitten in der Nacht. Und seltsam warm. Es nieselt. Der Schnee überall wird zu Matsch, vor den Klinkerbauten, vor den beigen Mehrfamilienhäusern, hinten auf dem Brachgelände.

Das trostloseste Eck hat sich Frankie ausgesucht, sage

ich, in Nummer siebenunddreißig, zweiter Stock, rechts, da wohnt er, siehst du?

Danilo steht im Schatten einer Einfahrt gegenüber. Er nickt.

Mit seiner Freundin und dem Kind, sage ich, sie sind nicht verheiratet, schlafen schon alle.

Danilo zieht den Kopf ein und geht unter dem Regen die Eisenbahnstraße hinab.

Bleib doch noch, rufe ich ihm zu, das Kind träumt so schön, es träumt vom Spielen auf frisch geteertem, mit Kreide bemaltem Asphalt, der die Hitze eines Sommertages abstrahlt. Abendlicht fällt flach und warm zwischen den Häusern ein, die im Glast nur Silhouetten sind. Es träumt vom Wunder der Welt in jedem Augenblick: ein Ball, der nicht verspringt, sich am Fuß führen lässt wie abgerichtet, ein letztes Spiel vor dem Abendessen, eine Idee, die Feuer regnen lässt und Götter auferstehen mit einem Wimpernschlag, von ferngesteuerten Autos, die zwischen Krokodilen herumfahren. Es hört den Ruf der Eltern nicht, die Entfernung ist zu groß für ein Kind, dem es egal ist, ob es kommt oder geht, ob Zeit verrinnt oder nicht.

5

Wind weht. Die Schneehaufen schmelzen. Es haben sich Pfützen gebildet am Straßenrand, unendlich wie Seenplatten, Frankie muss weit abspringen vom Bordstein, um keine nassen Füße zu bekommen. Er wird fast überfahren. Der Fahrer des Wagens hupt. Frankie zeigt ihm den Mittelfinger, und als die Bremslichter aufleuchten, der Wagen stehen bleibt und sich die Fahrertür öffnet, läuft er davon. Es sind magere Zeiten für Helden. Frankie lächelt beim Gedanken an Silvesters Traum, von dem er am Morgen erzählt hat, ein Feuerregen über der Stadt, noch schöner als Feuerwerk, und vom lieben Gott, der aus Lachen besteht.

Er ist allein im Labor. Es gibt nichts zu tun. Er lehnt die Stirn an die Scheibe, schließt die Augen und stellt sich vor, wie er seinen Meister macht, wie der Chef ihm das Labor überschreibt, er einen Kredit aufnimmt und investiert, wie er gute Zahntechniker einstellt, tolle Kollegen, die brennen für ihren Beruf. Wie ein Foto von ihm auf die Titelseite der vierteljährlichen Industrie-und-Handelskammer-Zeitschrift gedruckt wird, auf dem er ein Gipsmodell mit einer unglaublich natürlichen Vollkeramikfrontzahnbrücke in der Hand hält, daneben ein Zitat von ihm aus dem Interview im Heft: »Groß denken – Lächeln schenken«.

Er zieht seinen Arbeitskittel an und wechselt das destillierte Wasser im Ultraschallbad. Er reinigt den Sinterofen, die Guss-Schleuder, kratzt eingebrannte Einbettmasse von den Muffelringen, übergießt die Muffel-Böden mit kochendem Wasser, um sie von altem Wachs zu befreien, und sortiert beide der Größe nach in ihre Schublade ein. Er ordnet alle Schränke neu, wischt sie innen sauber. Er räumt seine Schubladen am Arbeitsplatz aus und putzt sie, er putzt seine Werkzeuge, die Wachsmesser, die Modellierinstrumente, Scheren, Pinzetten, Fräsen und Bohrer des Handstücks. Danach putzt er den Arbeitsplatz vom Chef. Bis er alles wieder eingeräumt hat, ist Nachmittag und der Chef kommt rein mit einer Top-Box unter dem Arm. Er pfeift eine Melodie. Er packt die Box aus: Abdrücke und Auftragszettel für zwei Goldkronen und eine Keramikverblendung. Frankie blickt den Chef an. Der lächelt, wischt sich über die Augen, nimmt sein Mobiltelefon aus der Tasche, schaut auf das Display und steckt es wieder ein. Er hat ein Pflaster auf der Nase, an seinem linken Ohr einen Verband.

Alles okay? fragt Frankie.

Nicht der Rede wert, sagt der Chef, und jetzt husch-husch, die Kronen müssen übermorgen raus.

Ich streng mich an, sagt Frankie.

Nicht zu sehr, sagt der Chef mit einem Lachen und nimmt seine Jacke von der Garderobe und geht aus dem Labor. Er überquert nicht die Straße, er geht nicht in die Spielothek, und er kommt auch nicht wieder. In der Gipsküche gießt Frankie die Modelle aus, trimmt und sägt sie zu und präpariert die Stümpfe. Er zeichnet die Präparationslinie an und versiegelt sie mit Sekundenkleber, trägt den goldenen Platzhalterlack auf. Er arbeitet. Er sieht nicht auf.

Wie geht es Ihnen heute? fragt Pfarrer Sickel, als Frankie über den Kirchhof zum Kindergarten geht. Der Pfarrer steht unter dem Vordach der Kirche. Er lächelt. Frankie hat ihn nicht gesehen. Er hat im Dunkeln hier auf ihn gewartet.

Haben Sie fünf Minuten für mich, Frank? fragt er und Frankie nickt und folgt ihm in die leere Kirche.

Sie setzen sich in die hinterste Kirchenbank.

Ich will mich da drüben nicht einmischen, sagt der Pfarrer und deutet mit dem Kopf in Richtung Kindergarten, aber ich will Ihnen eine Geschichte erzählen. In der Mission in Nigeria, in der ich war, da arbeitete eine Hebamme. Sie war die Beste, wirklich, sie hat nicht ein Kind, nicht eine Mutter verloren. Bevor sie angefangen hat in der Mission, sind die Frauen und Kinder gestorben bei der Geburt wie die Fliegen. Die Hebamme kämpfte für jedes Leben mit einer unerbittlichen, ja, fast schon sündhaften Wut. Sie ist dünn wie ein Strich und gebogen wie eine Sichel, manchmal arbeitet sie Tag und Nacht, ohne zu schlafen, ohne zu essen. In dieser mückenverseuchten Hitze da unten, die einem die Luft zum Atmen nimmt und den Willen, sich zu bewegen. Ich hielt sie für eine Heilige, wirklich, ich habe an den Bischof, an den Vatikan geschrieben wegen ihr. Und irgendwann erzählt sie mir, so ganz nebenbei, nach dem Abendessen, dass sie die Schwarzen hasse, alles an ihnen, ihre Haut, ihren Körper, ihren Geruch, ihre Stimmen, die schmalen Hüften der Frauen, die das Gebären so schwer machten, ihre Schreie. Sie hasse diese wehleidigen, schwachen Weiber, sagte sie zu mir, die Gott dem weißen Mann als Plage auferlegt habe, als Mühlstein der Schuld ihm um den Hals gebunden. Mehr als die schwarzen Frauen hasse sie nur die schwarzen Männer, die die Frauen erst in die Situation brächten, ein Kind gebären zu müssen, die Männer, die nur an das eine dächten, sagt sie zu mir, und keinen Finger heben, um ihre Situation zu verbessern. Nachdem sie mir das erzählt hat, geht sie davon, als sei nichts gewesen, der Sonnenuntergang glutrot vom aufgewirbelten Sand der Steppe, die sich hinter dem Dorf in der Unendlichkeit verliert. Ich kam nicht mehr dazu, sie zu fragen, warum sie in der Mission arbeitet, wenn sie diese Menschen, Gottes Schöpfung, so hasst, warum sie überhaupt im Namen Christi dient. Sie erkrankte an Malaria und starb kurze Zeit darauf. Die Frauen aus den Dörfern verehren sie noch immer wie eine Heilige, die Geburtenstation des neuen Krankenhauses wurde nach ihr benannt, ihr Porträt hängt da über dem Eingang.

Der Pfarrer schweigt und Frankie nickt.

Verstehen Sie? fragt er und Frankie sagt: Schon.

Denken Sie ein wenig darüber nach heute Abend, sagt der Pfarrer.

Ja, sagt Frankie.

Was ich aber sagen will, ist, sagt Pfarrer Sickel, Sie müssen Ihr Kind nicht weiter zu uns in den Kindergarten schicken, wenn Sie so von uns denken.

Wir hassen Sie doch nicht, sagt Frankie.

Die Erzieherinnen sprechen doch mit mir, sagt der Pfarrer, ich bin ihr Supervisor, die berichten mir, was Silvester zu ihnen sagt, welche Schimpfwörter er ihnen gegenüber benutzt, so etwas denkt sich ein Kind nicht aus, das schnappt ein Kind bei seinen Eltern auf.

Nein, sagt Frankie, wir sagen doch gar nichts.

Ich möchte mit Ihnen einen Termin finden, sagt Pfarrer Sickel, wo wir uns alle zusammensetzen können und jeder seine Sicht der Dinge darlegen kann.

Ja, sagt Frankie.

Samstag, vierzehn Uhr, sagt der Pfarrer, die Erzieherinnen wissen schon Bescheid.

Er steht auf und gibt Frankie die Hand.

Ich weiß doch nicht, sagt Frankie, was Silvester zu denen gesagt hat.

Unser Sohn ist gut erzogen, sagt Petra, hast du das dem Pfarrer gesagt? Bei uns hört er keinen Scheiß. Bei uns läuft kein Frauentausch oder so ein Mist.

Frankie holt die Maultaschen aus der Plastikverpackung und legt sie in die kochende Brühe. Er nimmt den Deckel vom Kartoffelsalat, zieht die Klarsichtfolie ab. Im Wohnzimmer ruft Silvester irgendwas.

Ich geh da nicht hin am Samstag, sagt Petra, die wollen sich doch nur aufspielen.

Aber wir haben den Termin jetzt, sagt Frankie.

Das ändert nichts, sagt Petra, ob wir da hingehen oder nicht.

Wir wissen doch gar nicht, was die wollen von uns, sagt Frankie.

Ist ja auch egal, sagt sie und brennt sich eine Zigarette an.

Wir essen doch gleich, sagt Frankie.

Die wissen immer alles besser, sagt sie und reicht ihm die Zigarette.

Die haben das ja auch gelernt, sagt er und nimmt einen Zug.

Ich weiß aber auch, was für mein Kind gut ist, sagt Petra.

Wir müssen da aber halt hin am Samstag, sagt er und gibt ihr die Zigarette zurück.

Und was, wenn wir keine Zeit haben? fragt Petra.

Aber wir haben Zeit, sagt er.

Das wissen die doch nicht, sagt Petra, lassen uns antanzen, als hätten wir nichts zu tun, ich arbeite auch.

Ja, aber im Moment nicht, sagt Frankie.

Hast du vergessen, sagt sie, worüber wir gestern gesprochen haben.

Nein, sagt Frankie.

Wir gehen in den Schwarzwald, sagt sie, wir sind auf die nicht angewiesen.

Ihr geht in den Schwarzwald, sagt Frankie.

Ja, sagt Petra und drückt die halb gerauchte Zigarette im Aschenbecher aus.

6

Das kleine Büro ist muffig, dunkel, nur eine Schreibtischlampe brennt. Zigarettenrauch wabert in ihrem Schein. Überall auf dem Schreibtisch verteilt Zettel mit Statistiken, Tabellen, Namen von Fußballmannschaften, Boxern, Rennpferden. Das Rollo vom Fenster zum Hof ist heruntergelassen. Danilo hat Sättler nur ein bisschen wehgetan. Er hat seinen Kopf auf die Schreibtischplatte gedrückt, wie er es bei Frankie machen wollte. Er musste lange und feste drücken, bis Sättler eingewilligt hat, den Safe in der Wand zu öffnen.

Da ist kein Bargeld drin ist, sagt er und gibt die Zahlenkombination ein. Ich hab mein Auto gestern verkauft, die achtzehntausend sind morgen auf meinem Konto, die kriegen Sie dann gleich.

Danilo stellt sich hinter ihn, als er die Tür des Tresors öffnet, und schubst ihn dann zur Seite. Er fällt über seinen Schreibtisch und auf den Boden, reißt die Unterlagen, das Telefon mit sich. Danilo lacht und nimmt eine Schatulle, die hinten im Eck des Tresors unter Papieren liegt, und öffnet sie. Schmuck, Münzen, Edelsteine.

Die Sachen sind seit Generationen in Familienbesitz, die sind von meiner Frau, sagt Sättler und will ihm die Schatulle abnehmen, das ist auch nichts wert.

Danilo schlägt ihm mit der flachen Hand ins Gesicht, greift ihn am Ohr und führt ihn zu seinem Stuhl.

Du hältst jetzt endlich dein Maul, sagt er und betrachtet den Inhalt der Schatulle unter der Schreibtischlampe. Das sieht mir aber gar nicht wertlos aus, das ist doch alles echt.

Das können Sie nicht nehmen, sagt Sättler.

Das reicht doch für deine Schulden, sagt Danilo, und paar Spesen für mich sind vielleicht auch noch drin.

Ich hetz dir die Bullen auf den Hals, sagt Sättler und schlägt nach ihm. Danilo duckt sich weg und schlägt zurück. Sättler fällt auf seinen Stuhl und hält sich die Nase. Blut läuft ihm durch die Finger und tropft auf den Boden.

Hast du Kinder? fragt Danilo.

Sättler schüttelt den Kopf.

Ich hab drei Mädchen, sagt Danilo, mit denen und ihrer Mutter habe ich mal in einem großen Haus gewohnt, mit Garten und einem Teich und einem Apfelbaum mit Schaukel dran. Das ist alles weg. Die Kinder darf ich nicht mehr sehen. Der Frau darf ich mich nicht mehr nähern. In dem Haus wohnt jetzt jemand anders. Und alles, weil ich mich nicht beherrschen kann.

Er brennt sich eine Zigarette an: Das ist schlimm mit mir.

Sättler schüttelt den Kopf.

Ist der Krempel versichert? fragt Danilo und hebt die Schatulle hoch.

Sättler nickt.

Wie viel? fragt Danilo

Meine Frau hat die abgeschlossen, sagt Sättler.

Dann ist doch alles kein Problem, sagt Danilo. Als du heute Abend hier bist, klingelt es, du machst auf und da steht ein maskierter Typ und haut dir gleich eine rein und zwingt dich mit vorgehaltener Waffe, den Tresor zu öffnen, und schnappt sich den schönen Familienschmuck. Und bevor er abhaut, fesselt er dich noch und knebelt dich, und wenn morgen Frankie zur Arbeit kommt, findet er dich hier und ihr ruft zusammen die Polizei. Dann ist deine Alte nicht auf dich sauer und die Versicherung bezahlt dir den Krempel und du bist gleichzeitig deine Schulden los.

Woher kennen Sie Frankie? fragt Sättler.

Ich kenne keinen Frankie, sagt Danilo.

Aber Sie haben gerade seinen Namen genannt, sagt Sättler.

Hab ich nicht, sagt Danilo.

Ich habe es doch gehört, sagt Sättler.

Halt jetzt dein Maul, sagt Danilo und haut ihm mit der Faust auf den Kopf. Sättler sackt in seinem Stuhl zusammen, er bewegt sich nicht mehr.

Danilo hat hunderttausend Euro in bar im Auto. Er weiß nicht, wie viel er noch zusammenbekommt für die Kinder. Damit sie sich nicht ein kleines Zimmer teilen müssen, bis sie erwachsen sind; damit sie in einem richtigen Haus wohnen können, in einer richtigen Nachbarschaft mit guten Leuten und guten Kindern, und ihre Lehrer sie nicht am ersten Schultag schon zu kennen glauben, weil sie da oder dort wohnen und so angezogen sind und so reden und so riechen; damit sie sich alles vorstellen können für ihr Leben, damit sie wenigstens die gleichen Chancen haben.

Er setzt sich auf den Boden. Er legt das Ohr an den Heizkörper. Er hört das Rauschen darin, sonst nichts. Er hofft auf das Lachen eines Kindes, von den Heizungsrohren übertragen, auf ein nettes Wort zwischen zwei Menschen. Nichts. Sättler schnarcht ein wenig. Es ist still. Alles schläft. Es ist Mitternacht. Es regnet.

Hast du Pamela schon getroffen? fragt er.
Nicht mal das darf ich dir sagen, antworte ich.
Und meine Mädchen, fragt er, was träumen die?
Ich schweige.
Was träumen meine Mädchen? fragt er, was träumen die?
Erinnerst du dich noch, sage ich, an die kleine Figur von Ellen, die Frankie gemacht hat?
Keine Ahnung, sagt Danilo.
Er hat für Ellen zum achtzehnten Geburtstag eine kleine Figur gemacht aus Gold, sage ich.
Weiß ich nicht mehr, sagt Danilo.
Die kleine Figur sah wirklich aus wie Ellen, und sie hat sie eingetauscht gegen ein Tütchen Koks, noch am selben Abend im Badehaus, sage ich.
Keine Ahnung, sagt Danilo.
Erinnerst du dich, wann wir uns das erste Mal getroffen haben? frage ich.
Wie geht es meinen Mädchen? fragt Danilo.
Alle haben uns verlassen, sage ich, die Welt ist so weit weg.
Es ist still. Es ist kalt. Danilo hat keine Zigaretten mehr.
Es ist nicht Mitternacht, flüstere ich ihm ins Ohr, es regnet nicht.

7

Im Labor wiegt Frankie die Goldlegierung ab und trägt sie in den Gussraum, wo seine Muffel im vorprogrammierten Ofen steht und glüht. Mit der Zange greift er sie aus dem Ofen und legt sie in die Gussschleuder. Er arretiert die Schmelzmulde, lässt das abgewogene Metall hineinrutschen, schmilzt es mit dem Brenner, schiebt die flüssige Legierung mit dem Druck der Flamme hin und her und wirft den Deckel zu. Er brennt sich mit der Flamme eine Zigarette an, bevor er das Gas abdreht. Die Gussschleuder rumpelt, die Absauganlage saugt, er raucht und sieht dem Schweif der glühenden Muffel in ihrem Käfig zu. Er stoppt die Gussschleuder, stellt die Muffel zum Auskühlen auf den Rost.

Im Buddelkasten im Hof spielt das kleine Mädchen aus dem Dachgeschoss, seine Mutter sitzt auf der Bank daneben und raucht, in den Pfützen vor dem Fahrradständer spiegelt sich der Himmel. Das Mädchen ist drei, die Mutter neunzehn. Frankie hat ihr die Einkäufe hochgetragen, als letztes Jahr der erste Schnee fiel. Die Mutter hatte das Mädchen auf dem Arm. Die Wehen singen schon ihr Lied, junge Knochen, kurzes Glück, sagte sie zu ihm, als er die Plastiktüten abstellte auf dem obersten Treppenabsatz vor ihrer Wohnungstür. Ihre Augen waren halb geschlossen, die Pupillen wie Stecknadelköpfe. Manchmal hab ich so ein Verlangen, neu geboren zu werden, sagte sie und schloss auf.

Jetzt zerstört das Mädchen die Sandkuchen, die es auf dem Rand des Buddelkastens gebacken hat, die Mutter tritt ihre Zigarette aus und hebt den Blick, Frankie winkt ihr. Sie lächelt und winkt zurück. Das Mädchen isst eine Handvoll Sand und zeigt ihm die schwarzgraue Matsche in seinem Mund.

Es klingelt an der Tür.

Beim Stromanbieter sind Ausstände in Höhe von sechstausendfünfhundert Euro und fünfundfünfzig Cent aufgelaufen, sagt der Gerichtsvollzieher.

Der Chef ist nicht da, sagt Frankie.

Dann versuchen Sie ihn doch bitte zu erreichen, sagt der Gerichtsvollzieher, Sie müssen mir irgendwas anbieten, sonst kann ich nicht verhindern, dass Ihnen der Strom abgedreht wird.

Der Techniker der EnBW stellt seinen Werkzeugkoffer auf Frankies Tisch ab und öffnet das Türchen zum Sicherungskasten und dem Stromzähler. Frankie ruft den Chef auf dem Mobiltelefon an und sie hören das Klingeln des Telefons aus seinem Kittel, der über der Lehne am Stuhl an seinem Arbeitsplatz hängt. Der Gerichtsvollzieher wirft Frankie einen Blick zu, als habe er ihn bei einer Lüge ertappt. Frankie legt auf und zeigt aus dem Fenster zur Spielothek.

Da drüben wird der Chef sein, sagt Frankie, in der Spielhalle.

Ist hier irgendwo Bargeld, fragt der Gerichtsvollzieher, mit dem Sie eine Anzahlung leisten können?

Falls es hier irgendwo Bargeld gab, sagt Frankie, hat es der Chef mit da rübergenommen.

In seinem Schreibtisch, im Safe vielleich? fragt der Gerichtsvollzieher.

Bitte, sagt Frankie und zeigt zum Büro, als es plötzlich dunkel wird im Labor und die Alarmanlage losgeht. Die Bürotür und die Eingangstür verriegeln automatisch.

Entschuldigung! ruft der Techniker am Sicherungskasten, aus Versehen zu schnell.

Frankie gibt den Code ins Bedienfeld neben der Eingangstür ein, der Alarmton verstummt, die Tür entsperrt sich.

Das Büro und den Safe kann jetzt nur noch der Chef aufmachen, der hat die Notschlüssel, sagt Frankie und hebt die Schultern und lässt sie wieder fallen.

Herr Häberle, ruft der Gerichtsvollzieher, walten Sie Ihres Amtes.

Der Techniker entfernt die Hauptsicherung. Im Labor wird es wieder dunkel.

Dann mach ich mal Feierabend, sagt Frankie und holt seine Jacke.

Der Mann von der EnBW schraubt eine Abdeckung vom Zähler und klemmt ein Kabel ab.

Ziehen Sie einfach hinter sich zu, sagt Frankie.

Sie müssen mir hier noch unterschreiben, sagt der Gerichtsvollzieher.

Ich hab hier nichts zu unterschreiben, sagt Frankie und geht.

Am Wettbüro an der Ecke öffnet sich die Tür und Danilo tritt auf die Straße. Sein kanariengelber Pulli ist schmutzig. Er trägt eine rote Sporttasche in der Hand. Mit seiner Kopfbewegung wirft er sich die Haare aus dem Gesicht. Er winkt Frankie zu sich und entriegelt mit dem Transponder einen 635er BMW, der direkt vor dem Wettbüro steht. Er steigt ein. Frankie überquert die Straße, steigt auf der Beifahrerseite ein und versinkt in dem tiefen, weichen Ledersitz. Danilo riecht nach Schweiß. Seine Fingerknöchel sind aufgeschürft.

Er lässt den Motor an: Hast du mir eine?

Frankie klopft eine Camel aus seiner Packung und gibt ihm Feuer.

Wo willst du hin? fragt er.

Wir fahren nach Hause, sagt Danilo, wir zwei fahren jetzt schön nach Hause.

8

Auf dem Dach von Haus 2 Paradiesstraße Ecke Römerstraße verweht der Wind die Asche der Werbeprospekte, die wir verbrannt haben. Die Teerpappe des Flachdachs noch heiß vom Tag. Es gibt nichts mehr zu tun.

Wir trinken alles, was wir kaufen dürfen, stehlen oder schnorren können. Wir mischen uns jedes Versprechen in den Tabak: zu Pulver verriebene Aspirin, getrocknete Tränen einer Tube Alleskleber. Wir schlucken Tabletten aus der hintersten Ecke der Spiegelschränke in den Badezimmern unserer Eltern – die Mindesthaltbarkeit vor Jahren abgelaufen –, spülen sie mit den Resten aus den Flaschen Blue Curaçao und Campari und Jägermeister herunter, die wir aus dem Altglascontainer fischen und zusammenschütten. Wir warten und warten und hoffen auf irgendeine Wirkung.

Wir gehen auf Klassenreise. Das erste und das letzte Mal. Wir sind am Ende der achten Klasse. Nach dem Sommer kommen wir in die Neunte. Danach fangt ihr eure Ausbildung an, sagt die Lehrerin, dann ist die schöne Schulzeit vorbei. Wir fahren mit dem Zug. Den ganzen Tag. Nach zwei Stunden haben wir unseren Proviant aufgegessen. Wir können kein Schach, kein Mühle, kein Dame. Einer wirft das Mensch-Ärgere-Dich-Nicht-Spiel durchs Abteil. Zwei rote Spielfiguren bleiben unauffindbar. Hinter dem Fenster wird die Landschaft flacher und flacher und der Himmel weiter. Bäume nur noch vereinzelt und krumm. Wir gehen aufs Klo, um am Fenster zu rauchen. Wir wechseln uns ab, einer raucht, einer steht Wache, irgendwann riechen wir die Nordsee, salzige Luft, die durch das heruntergeschobene Fenster ins Klo dringt. Die Jugendherberge ist ein altes Herrenhaus vor den Dünen. In den langen, finsteren Gängen schlägt uns der Sportlehrer auf die Oberarme, in den Bauch, wenn sonst keiner hinschaut. Er will uns erinnern an das Alkoholverbot, uns klarmachen, dass er unsere Sprüche nicht witzig findet, wenn wir sagen, dass das unser Deo ist, Tabak Original, nachdem er Zigarettenrauch an unseren Kleidern riecht. Er will uns erinnern, dass wir Angst vor ihm haben müssen. Und als diese Woche endlich vorbei ist, wir die Wattwanderung überstanden haben, das Küstenmuseum, das Wellenbad, alles nüchtern überstanden haben, gehen wir ins Kino am letzten Abend. Ein Kino mit einem Tischchen vor jedem Platz, auf dem ein Aschenbecher steht. Eine Frau geht durch die Gänge mit einem Wägelchen voll Wein und Bier. Das Licht bricht sich rot und golden in den Flaschen, die leise aneinanderklirren. Aber wir zünden uns keine an. Wir versuchen nicht, heimlich ein Bier zu kaufen. Wir schauen Julia Roberts zu, wie sie ihre Stiefel anzieht, die ihr bis über die Knie reichen. Wir sehen ihr Lächeln, ihre Lippen, ihren Blick. Wir bewegen uns nicht mehr. Wir haben nicht gewusst, dass es solche Frauen gibt. Und irgendwann in der Nacht treffen wir uns im Bad. Wir rauchen schweigend die erste Zigarette und drehen gleich die nächste.

Das ist ein Mädchenfilm, sagt Frankie.

Die meisten Jungs sind eingeschlafen, sage ich.

Ich auch fast, sagt Frankie und gähnt und lacht.

Am ersten Tag nach Ende der Klassenfahrt gehen wir

in die Stadt. In der Fußgängerzone stehen wir vor dem Capitol. Wir betrachten das Filmplakat. Richard Gere. Julia Roberts. Pretty Woman in dicker, roter Schrift.

Hast du Geld? fragt Frankie.

Ich nicke. Wir blicken uns um und gehen schweigend in die Nachmittagsvorstellung. Am nächsten Tag wieder. Zehn Mal insgesamt. Dann wird Pretty Woman abgesetzt.

Wir sehen Ellen hinterher, wenn sie mit dem Fahrrad aus der Siedlung fährt am Morgen. Von den Stufen vor Haus 2 sehen wir sie am Abend zurückkehren, ein Lächeln auf den Lippen, das nicht uns gilt. Wir stellen sie uns vor, wie sie hinter der Glasfront vom Tempo in der Stadt sitzt mit ihren Freunden, oder ein französisches Taschenbuch auf der Bank an der Bushaltestelle liest. Wir können uns ihren Tag so wenig vorstellen, wie wir uns ein Leben auf dem Mond vorstellen können. Bis Ellen eines Abends anhält und absteigt und ihr Rad abstellt. Sie wirft einen langen Schatten hinter sich, ihre Augen im Licht der tief stehenden Sonne ein tiefes Grün, wie ein bodenloser Teich. Und sie sagt: Na, Jungs, klemmt sich die Zigarette zwischen die Lippen, die sie hinter dem Ohr stecken hatte, und wartet, dass wir ihr Feuer geben. Mit der brennenden Zigarette im Mundwinkel steigt sie wieder auf ihr Rad, ein Blick zurück, bevor sie freihändig davonfährt und aus unserem Leben nie mehr verschwindet.

Und Danilo wartet auf uns an der Ecke. Die Gefährlichen stehen immer an der Ecke. Wir müssen mit der Schulmannschaft nur noch das Endspiel der Kreismeisterschaft verlieren, weil der gegnerische Mittelstürmer sich fallen lässt im Strafraum in der neunzigsten Minute und den Elfmeter bekommt und verwandelt. Wir müssen den Mittelstürmer nur noch ohrfeigen und ihm die Trikothose samt Unterhose ausziehen und ihn blank über den Parkplatz rennen lassen zur Sporthalle, wo die Umkleidekabinen sind. Wir müssen nur noch den zweiwöchigen Schulverweis erhalten, dass wir zu Danilo kommen können, geplagt von der Freiheit und unserem Durst und Verlangen. Und Danilo gibt uns alles, von dem wir nichts wissen, das wir aber immer wollten. Danilo nimmt uns mit in die Nacht, die Wände der Klappe sind schwarz gestrichen und glänzen feucht im Dunst des Disconebels. Die Klosprüche ziehen sich bis zur Theke. Und der Pächter bewahrt eine Flex im Vorratsraum auf und malträtiert mit ihr einen Haufen zusammengeschweißter Stahlträger. Der im Raum gefangene Schweif eines Kometen. Bis Mitternacht stehen die Toiletten in einer Mischung aus Bier und Pisse und Abwasser und die Tanzenden auf der Tanzfläche kümmern sich nicht und tanzen, als sähe ihnen niemand mehr zu. Und Ellen und alle schönen Mädchen lächeln und heben die Arme über ihre Köpfe und schließen die Augen. Und die Laternen in der Gasse hinter der Klappe leuchten nicht mehr. Die Pflastersteine, mit denen wir sie kaputt geworfen haben, liegen zwischen den Scherben über den Asphalt verstreut. Etwas flattert durch den Rest Abenddämmerung. Wir achten nicht darauf. Danilo, Ellen, Frankie und ich. Wir lassen den Joint kreisen. Die blinkenden Positionslichter eines Flugzeugs entfernt im nachtblauen Himmel, ein Schwall Musik aus der Klappe mit jedem Öffnen und Schließen der Hintertür, das Klimpern von Getränkekisten. Atmen. Atmen. Ziehen und drin behalten. Danilo, Ellen, Frankie und ich. Und Ellen steckt sich den Joint mit der Glut in den Mund und füttert uns reihum wie Küken mit dickem, süßem Rauch.

9

Danilo hupt. Die Hunde springen am Wagen hoch. Ihre Lefzen hinterlassen Schmiere auf den Seitenscheiben. Ihre Krallen zerkratzen den Lack. Es sind vier. Kampfhunde, verschiedene Rassen. Johnson lässt sie nicht mehr kämpfen, gibt ihnen immer genug zu essen und lässt sie im Winter nicht im Zwinger draußen frieren. Seitdem sollen sie nicht mehr so aggressiv sein.

Scheiße, sagt Frankie, ich geh da nicht raus.

Danilo hupt. Das Hupen macht die Hunde verrückt. Der große Weiße springt auf die Motorhaube, glotzt sie durch die Frontscheibe an. Danilo erinnert sich, eine Argentinische Dogge, die Uwe heißt, nach irgendeinem Schriftsteller, der auch so einen riesigen Kopf hatte. Er hupt. Uwe bellt, die Vorderläufe auf der Frontscheibe. Danilo betätigt die Scheibenwaschanlage. Die Wischer schlagen Uwe die Läufe weg. Er rutscht aus und glitscht von der Motorhaube, springt aber sofort wieder auf und versucht, sich durch die Scheibe zu fressen. Der Wagen schwankt wie ein Schiff unter dem Gewicht des Hundes.

Was wollen wir hier? fragt Frankie.

Das Haus ist dunkel. Danilo hupt. Lange. Der gefleckte Pitbull, der keine Ohrmuscheln mehr hat, beginnt im Kreis um den Wagen zu rennen. Sein Bellen wird hysterisch. Das Wohnhaus ist links und rechts von Ställen eingefasst. Dunkelbraun gebeiztes Holz. Kleine Fenster. Die

Güllegrube mit Flatterband umzäunt. Johnson ist hier aufgewachsen, paar Kilometer von Plochingen entfernt. Sein Vater hat ihn mit derselben Kette geschlagen, mit der er die Kühe zum Schlachten geführt hat.

Im Rückspiegel erkennt Danilo, dass sich ein Wagen dem Hof nähert. Im Licht der Scheinwerfer glänzt das Fell der Hunde, Dampf steigt von ihren Körpern auf. Ein Streifenwagen hält direkt neben ihnen. Die Hunde springen an der Beifahrerseite des Streifenwagens hoch, wedeln mit ihren Stummelschwänzchen.

Johnson steigt aus: Sitz, sagt er. Die Hunde gehorchen. Der Streifenwagen wendet und fährt davon. Danilo lässt das Fenster runter und Johnson beugt sich vor, blickt an ihm vorbei zu Frankie: Wer ist das?

Alter Freund, sagt Danilo.

Sonst noch was? sagt Johnson, seit wann darfst du irgendjemand hierher bringen ohne meine Erlaubnis?

Leg ich die Hand für ins Feuer, sagt Danilo.

Wer bist du denn? sagt er, was glaubst du wer du bist?

Er wendet den Kopf ab, um auf den Boden zu spucken.

Ich bin der, der fünf Mille für dich hat, sagt Danilo.

Johnson lächelt.

Das Arschloch da bleibt im Wagen, sagt er.

Das Arschloch kommt mit, sagt Danilo.

Ist schon gut, sagt Frankie, ich bleib hier.

Halt die Schnauze, Frankie, sagt Danilo und öffnet seine Tür.

Die Hunde knurren, als er die Wagentür hinter sich ins Schloss drückt, bleiben aber sitzen. Der Boden ist matschig und aufgeweicht. Johnson ist ins Haus gegangen, Licht fällt jetzt durch die Fenster nach draußen, die Hunde knurren. Frankie steigt nicht aus. Danilo winkt ihm. Der gefleckte Pitbull ohne Ohren stellt sich auf, senkt den Kopf ein wenig, betrachtet ihn von unten herauf. Danilo blickt zum Haus und wieder zu Frankie im Wagen.

Kommst du, oder soll ich dich holen? sagt er.

Frankie steigt aus und schließt geräuschlos die Wagentür. Vorsichtig tritt er zu Danilo, dann gehen sie langsam rüber zum Haus. Es beginnt zu regnen. Sie blicken sich um, bevor sie eintreten. Die Hunde sitzen zu viert in einer Reihe. Sie rühren sich nicht.

In der großen Wohnküche ist es sauber und aufgeräumt, warm. Ein Strauß Blumen steht in einer gläsernen Vase auf dem Esstisch, daneben liegt das Holster mit Johnsons Dienstwaffe.

Für Recht und Ordnung gesorgt heute? fragt Danilo.

Dienst im Sinne der Allgemeinheit, sagt Johnson, nimmt eine Tupperdose aus dem Kühlschrank, stellt sie in die Mikrowelle und dreht den Timer auf zwei Minuten. Er holt die Dose aus der Mikrowelle, nachdem der Timer abgelaufen ist, nimmt den Deckel ab, rührt um und prüft die Temperatur der Kartoffelsuppe.

Mein Vater kriegt jetzt Abendessen, sagt er und macht Licht im Wohnzimmer, das an die Küche grenzt. Auf einem Sessel mitten im Raum sitzt ein alter Mann und schläft.

Du kommst mit, sagt Johnson, und dein Kumpel holt Bier aus der Scheune.

Johnson zeigt nach draußen.

Was ist mit den Hunden? fragt Frankie.

Gleich die erste Tür rechts, sagt Johnson, versuch einfach, schneller zu sein als die.

Danilo folgt Johnson ins Wohnzimmer. Der alte Mann

hat jetzt die Augen geöffnet, sein Blick ist trüb. Er hat rotes, schütteres Haar, die gleiche Farbe wie Johnson. Seine linke Hand zittert, scheuert über den Stoff seiner Hose. Er hat große, starke Hände, durchzogen von dicken, dunkelblauen Adern.

Guten Abend, Herr Johnson, sagt Danilo und setzt sich auf das Ledersofa gegenüber.

Der alte Johnson nickt.

Sein Blick ist nicht hier, ein grauer Schleier. Auf dem Couchtisch Cremes, Puder, Windeln, Inkontinenzunterlagen, eine Waschschüssel mit Waschlappen. Johnson setzt sich auf die Lehne des Sessels, streicht seinem Vater durchs Haar und sagt: Kartoffelsuppe haben wir noch.

Die Elli kalbt doch, sagt der alte Johnson.

Die Elli ist längst Gulasch, sagt Johnson und legt seinem Vater ein Tuch um Hals und Brust.

In der Küche steht Frankie an der Tür und sieht in den Hof hinaus.

Die Elli hatte ein Fell wie Samt, sagt Johnson und Frankie macht einen Schritt nach draußen und die Tür fällt hinter ihm zu.

Ist er denn immer alleine hier? fragt Danilo.

Der Pflegedienst ist morgens und mittags da, sagt Johnson, die gehen mit ihm ein paar Schritte, aufs Klo, oder wechseln die Windeln, geben ihm was zu essen, behaupten sie zumindest.

Er beginnt, seinen Vater zu füttern. Mit gespitzten Lippen schlürft der die Suppe vom Löffel. Johnson wischt ihm den Mund ab, spricht ihm gut zu, immer wieder versucht er, ihm eine Locke hinterm Ohr glatt zu streichen.

Altmühltaler Straße 13 in Geislingen, sagt Johnson, auf dem Klingelschild steht Dübel.

Warum Dübel? fragt Danilo.

Irgendein Dübel wohnte wahrscheinlich vorher da, sagt Johnson, bin ich Hellseher? Sehe ich aus wie David Copperfield?

Danilo nimmt den Umschlag mit den fünftausend Euro aus der Tasche.

Pack das weg, sagt Johnson, das machen wir gleich.

Er wischt sich mit der Hand durchs Gesicht.

In einer Stunde kommt der Pflegedienst wieder, sagt er, und macht ihn bettfertig, dann bringen wir ihn gemeinsam hoch ins Schlafzimmer. Manchmal lese ich ihm nachts vor, wenn er Angst hat vor der Dunkelheit.

Sein Vater blinzelt und schlürft.

Johnson nickt: Kinderbücher meistens.

Verbrechen in der Villa, sagt der Vater mit brüchiger Stimme, schließt die Augen und schüttelt den Kopf, als Johnson ihm noch einen Löffel Suppe anbietet.

Johnson betrachtet Danilo: Wie du aussiehst und stinkst.

Gab viel zu tun, sagt Danilo.

Hab ich gehört, sagt Johnson.

Was denn? fragt Danilo.

Unser gemeinsamer Freund würde gerne wissen, wo du steckst, sagt Johnson.

Was glaubt er denn, wo ich stecke, sagt Danilo.

Du warst auf keinen Fall hier, sagt Johnson.

Die Tür öffnet sich und Frankie tritt in die Küche. Seine Jacke ist nass, sein Haar klebt ihm in der Stirn, er ist bleich.

Was hast du noch gehört? fragt Danilo.

Wo sollte das Bier denn sein? fragt Frankie aus der Küche.

Er traut dir nicht mehr, sagt Johnson.

Da war nirgends Bier, ruft Frankie.

Ja, ja, hab ich vergessen, sagt Johnson, ist gar keins mehr da.

Er stellt die Schüssel auf den Tisch und steht auf. Er löscht das Licht im Wohnzimmer und geht aus dem Raum: Ich muss mal.

Die Treppen in den ersten Stock knarren. Danilo sitzt im dunklen Wohnzimmer. Der alte Mann ist ein Schatten. Das einzige Geräusch kommt von seiner Hand, die unablässig über den Stoff seiner Hose zittert.

Können wir dann gehen? fragt Frankie.

In der Küche schluckt Danilo eine Oxycodon mit Wasser aus dem Hahn.

Wozu sind die? fragt Frankie.

Empfindlicher Magen, sagt Danilo.

Die Treppen knarren, Johnson kommt zurück.

Muss ich nachzählen? fragt er und hält die Hand auf. Danilo schüttelt den Kopf und gibt ihm den Umschlag.

Frankie kauft Zigaretten im Tankshop. Der Verkäufer streckt sich, um an das Fach mit den Camels ohne Filter zu kommen. Danilo steht an seinen Wagen gelehnt, beobachtet ihn von draußen durch die Scheibe.

Der wird keine fünfzig, wenn der so weiterqualmt, sagt er und ich flüstere ihm ins Ohr: Hundertundeins wird der, hundertundeins sogar.

Dreihundertfünfzigtausend Euro hat Danilo für Ellen. Wenn Frankie dabei ist, wird sie nicht gleich die Polizei rufen, dann kann er ihr die Scheine geben. So ist sein Plan. Sonst hätte er Frankie einfach wehgetan, ihm was gebrochen, ein Fingergelenk gesprengt. Er hätte ihn im Klubheim sitzen lassen und nicht mehr an ihn gedacht. Wenn er nicht noch zu Ellen und den Kindern müsste wegen dem Geld, wäre er längst mit dem BMW irgendwohin und verschwunden. Zum Bodensee, zur Nordsee, Ostsee. Egal. Ohne eine Spur. Nur gluck, gluck, gluck. Nichts hinterlassen außer schlechte Erinnerungen. Ellen würde den Mädchen was Gutes über ihn erzählen. So ist sie. Egal, was er ihr angetan hat.

Zwei Frauen steigen aus ihrem Wagen und gehen auf den Tankshop zu. Mutter und Tochter. Sie haben ihre vollen, braunen Haare nach oben gesteckt. Beide sind schön und saftig wie Apfelkuchen mit Schlagsahne. Die Tochter sagt etwas, die Mutter lacht laut, legt ihr den Arm um die Schulter und drückt sie an sich. Ein älterer Mann, der seinen Benz betankt, starrt die beiden an, als sie an ihm vorbeigehen.

Wir wär's mit uns, ruft er, werdet ihr nicht bereuen, verspreche ich euch.

Die Frauen senken den Blick und gehen weiter. Die Tür vom Tankshop öffnet sich, sie treten ein, die Tür schließt sich hinter ihnen, der Mann lacht und tankt weiter.

Danilo stößt sich von seinem Wagen ab.

Mit denen hätte man zu tun, sagt der Mann und schüttelt den Kopf und Danilo umrundet den Benz und schlägt ihm ins Gesicht. Er fällt um wie eine Bahnschranke. Die Zapfpistole rutscht aus dem Tankstutzen, und ein Schwall Benzin ergießt sich über seine Hose.

In fünf Minuten wird eine Streife die Tankstelle anfahren, rufe ich Danilo zu, und die haben hier alles auf Kamera.

Danilo kniet sich auf die Brust des Mannes, der ihn mit großen Augen anschaut. Seine Frontzähne sind lose und bewegen sich bei jedem Atemzug vor und zurück.

Ich schneid dir den Schwanz ab, sagt Danilo.

Er packt ihn am Ohr und dreht daran, bis der Knorpel knackt, und steht auf.

Frankie kommt mit fünf Schachteln Zigaretten aus dem Tankshop, die er an die Brust gedrückt hält wie einen Schatz.

Sorry, meine Karte hat erst nicht funktioniert, sagt er und steigt auf der Beifahrerseite ein.

Der alte Mann hat sich aufgerichtet, er hält sich am Wagendach fest. Danilo steigt ein, startet den Motor und fährt an.

War was mit dem? fragt Frankie.

Zünd mir mal eine an, sagt Danilo.

Während Frankie am Zellophan fummelt, rollt ein Streifenwagen an ihnen vorbei, der Beamte auf dem Beifahrersitz lässt das Fenster runter und winkt mit der Kelle. Danilo fährt rechts ran. Die Streife parkt vor ihm, die Polizisten steigen aus. Er lässt das Fenster runter.

War ich zu schnell? fragt er.

Verkehrskontrolle. Führerschein und Fahrzeugpapiere bitte, sagt der Polizist.

Der Wagen gehört meinem Chef, sagt Danilo, klappt die Sonnenblende herunter, wo eine Kopie der Fahrzeugpapiere steckt. Der Beamte gibt sie an seine Kollegin weiter, die geht damit zum Streifenwagen und nimmt den Funksprecher aus der Halterung.

Führerschein? fragt der Beamte.

Hab mein Portemonnaie vergessen, sagt Danilo.

Steigen Sie bitte aus, sagt der Beamte.

Frankie steigt aus. Danilo steigt aus.

Vielleicht ist mein Portemonnaie doch in der Tasche, sagt Danilo, öffnet die Tür zur Rückbank, nimmt die Tasche mit dem Geld und klemmt sie sich unter den Arm.

Können Sie sich irgendwie ausweisen? fragt der Beamte.

Weißt du noch, sagt Danilo zu Frankie, wie wir mal angehalten wurden auf dem frisierten Mofa?

Frankie hebt die Schultern. Er kapiert nicht, dass Danilo gleich flüchten will, dass sie ihn nicht mehr gehen lassen, haben sie erst mal seinen Namen ins System eingegeben.

Ein getunter Golf fährt viel zu schnell an der Tankstelle vorbei. Der Motor heult auf, als er beschleunigt. Die Beamtin kommt mit den Papieren angelaufen und sagt: Alles in Ordnung hier, den da holen wir uns.

Sie steigen ein und fahren mit Blaulicht und Sirene dem Golf nach.

Hast du überhaupt einen Führerschein? fragt Frankie.

Nie gehabt, sagt Danilo und lacht, woher denn?

10

Vier Wochen vor ihrem Tod weiß Pamela, dass sie sterben wird. Sie hat Schmerzen beim Einatmen, sie findet keine Ruhe, ihr linkes Bein tut manchmal so weh, dass sie die Augen schließen muss und sich auf die Unterlippe beißt, um nicht zu schreien. Sie weiß nicht, was sie hat. Sie sagt Danilo nichts davon. Sie geht zu keinem Arzt. Sie glaubt, es ist eine Thrombose. Sie hat im Internet nachgesehen und dann die Seite sofort weggeklickt. Sie ist froh, dass es bald zu Ende ist. Hoffentlich. Sie schleppt sich nach den schlaflosen Nächten zum Küchentisch und sitzt dort und raucht den ganzen Tag und trinkt Kaffee – wenn Danilo ihr welchen kocht –, während die Sonne erst durch das Fenster nach Norden scheint und dann am Abend durch das nach Westen. Sie ist froh, dass die anderen Brüder nicht da sind, oder nur selten in die Wohnung kommen und sich dann nicht für sie interessieren. Sie isst nicht mehr. Sie betet zum ersten Mal. Sie betet, dass sie nicht allein sterben muss im Krankenhaus wie Klaus. Ihr linkes Bein schwillt an, aber sie ist eh so fett, dass Danilo keinen Unterschied erkennen kann. Danilo sagt nichts, er hat sich nie beschwert über sie. Als Einziger. Auch als Jugendlicher nicht. Als sie anfing, so zu werden, wie sie jetzt ist. Auch jetzt nicht, wo ihr die Kraft fehlt, sich auch nur einmal die Woche die Zähne zu putzen, die Kleider zu wechseln, auf einem Stuhl zu sitzen. Er hat sie immer verteidigt, hat jeden geschlagen, der sie gehänselt hat. Danilo bricht seinem Fahrlehrer die Nase, weil der sagt, dass die Leute von Greenpeace Pamela mit einem gestrandeten Wal verwechseln und versuchen würden, sie wieder ins Wasser zu schieben, wenn sie mal Urlaub am Meer machen sollte. Danilo zieht den Fahrlehrer aus dem Fahrschulauto und sagt, dass er das Maul über seine Schwester halten soll, wenn er weiterleben will.

Als Klaus im Sterben liegt, zwei Jahre zuvor, schicken die Ärzte Pamela nach Hause. Sie betrachtet ihn vom Flur aus, durch die halb geöffnete Tür, seinen Kopf auf dem Kissen des Krankenbettes. Seine Nase spitz, die Augen tief eingesunken, die Haut glänzt wie Wachs. Sein Mund steht offen. Die Lippen sind eingefallen ohne die Prothese. Der Assistenzarzt fächert sich mit der Hand frische Luft zu, der schmale, goldene Ehering an seinem Finger glänzt, während der Oberarzt zu ihr sagt, dass sie nach Hause gehen, dass sie sich frisch machen, dass sie morgen wiederkommen soll, dass sie jetzt nichts tun kann hier. Aber es gibt kein Morgen. Es gibt nur jetzt. Und da geht die Sonne langsam unter, als sie aus der Klinik tritt, als sie den Schlossberg herabgeht, herabrollt, wie alle denken, die an ihr vorbeifahren und sie anglotzen aus ihren Autos heraus. Sie raucht drei Zigaretten, bis sie unten angekommen ist, und durch den Schweiß glitschen ihre Oberschenkel aneinander und sie bekommt keine Luft mehr, als sie die Wohnung betritt und das Telefon schon klingelt und der Assistenzarzt mit dem Ring am Finger ihr sagt, dass Klaus gestorben ist, und ihr sein Beileid ausdrückt, dass sie nichts hätten machen können. Durch das Telefon hört sie den goldenen Ring an seiner Hand singen, er singt das Lied vom Spannerlanger Hansel und der Nudeldicken

Dirn. Der schöne, schmale Ring an der schönen schmalen Hand lacht sie aus. Dass sie nicht hätte gehen sollen, denkt sie eine Zigarettenlänge lang, dass sie Worte hätte finden müssen, die die Ärzte verstehen können, klare und deutliche, dass sie nicht immer zu Boden hätte blicken sollen. Sie überlegt zu trinken. Wodka liegt im Eisfach. Aber sie raucht, während sie die Zwei-Liter-Packung Fürst Pückler Eiskrem isst, Löffel für Löffel, die Flecken auf ihrem T-Shirt wird der Oberarzt am nächsten Tag bemerken, er wird ihr nicht die Hand geben, er wird einen Pfleger rufen, um sie in die Pathologie zu führen, er wird ihr nicht sagen, woran Klaus gestorben ist. Sie wird auch nicht fragen.

Pamela nimmt Danilo vier Tage vor ihrem Tod das Versprechen ab, keinen Arzt zu rufen, nachdem er sie auf dem Küchenboden findet. Er hilft ihr auf den Sessel im Wohnzimmer, verlässt die Wohnung und kommt zwei Stunden später mit einem Techniker von Nusser & Schaal zurück, der ihr ein Pflegebett aufbaut. Das Wohnzimmer ist der einzige Raum der Wohnung, der groß genug ist für das Bett, nachdem Danilo das Sofa auf den Balkon geschoben hat. Der Techniker arbeitet stumm, verbindet die Seitenstreben, setzt den Rost ein, installiert das Steuerelement. Er hat Angst vor Danilo, das kann sie spüren. Sie hält die Augen geschlossen und tut, als schlafe sie in ihrem Sessel. Er arbeitet schnell, er will hier raus. Er flucht leise, weil Pamela stinkt. Die Hunderteuroscheine, die Danilo ihm zugesteckt hat, knistern in seiner Hemdtasche.

Pamela legt sich in das Bett, nachdem der Techniker gegangen ist. Danilo stellt ihr das Kopfteil so ein, dass sie fernsehen kann. Er macht ihr ein Rührei, das sie nicht isst. Er holt Eis aus dem Eiscafé. Sie kann nicht mehr rauchen, will auch nicht mehr, zum ersten Mal, seit sie denken kann. Sie schläft irgendwann ein und träumt von Klaus, wie er neben ihr am Bett sitzt. Ihr Atem blubbert in der Lunge. Sie schreckt in der Nacht hoch und blickt aus dem verschmierten Fenster, an dem keine Gardinen hängen, auf die Straßenlaterne, auf die dunkle Fassade des Blocks gegenüber, die unbeleuchteten Fenster. Sie weiß, dass Klaus auf sie wartet, dass er böse ist, weil sie ihn allein hat sterben lassen, weil sie ihn in einem Armengrab verbuddeln hat lassen, weil sie seine Mutter in Friedrichshafen benachrichtigt hat, mit der er nie wieder etwas zu tun haben wollte. Sie will Danilo rufen, aber sie traut sich nicht. Sie fummelt sich je eine der Tabletten aus den Packungen, die Danilo ihr gebracht hat. Das Tavor und das Oxycodon wirken schnell, die Angst vergeht, die Schmerzen sind irgendwo.

Dass er nicht bleiben muss, sagt sie zu Danilo, dass er gehen soll und in ein paar Tagen wiederkommen, dann ist es vorbei, oder jemanden schicken. Dass er nur dafür sorgen soll, dass keiner der Brüder sie stört oder findet. Er schüttelt den Kopf. Er hat eine Waschschüssel in den Händen, ein Waschlappen schwimmt im seifigen Wasser. Das musst du nicht, sagt Pamela. Du sollst dich wohlfühlen, sagt er und schlägt ihre Decke zurück. Pamela schließt die Augen. Sie will seinen Gesichtsausdruck nicht sehen, wenn er ihr das Nachthemd nach oben schiebt. Sie hört das Wasser plätschern. Danilo summt die Melodie vom Spannerlanger Hansel und der Nudeldicken Dirn, während er sie wäscht und abtrocknet. Es fühlt sich gut an. Der Geruch der Seife. Die frische, saubere Haut. Sie hält die Augen geschlossen, bis er den Raum verlassen hat. In der Küche klickt Danilos Feuerzeug. Die Wodkaflasche klimpert gegen ein Glas. Er singt: Spannerlanger Hansel, Nudeldicke

Dirn, gehn wir in den Garten, schütteln wir die Birn! Schüttel ich die großen, schüttelst du die klein', wenn das Säcklein voll ist, gehn wir wieder heim.

Das Mittagslicht scheint durch das Wohnzimmerfenster und wirft einen goldenen Streifen an die Wand, als die Schmerzen stärker werden an ihrem letzten Tag. Pamela nimmt alle Oxycodon und Tavor aus der Packung und schluckt sie. Dann ruft sie nach Danilo. Er setzt sich an ihr Bett, nimmt ihre Hand. Er blickt auf die leeren Medikamentenpackungen. Er schweigt. Er sieht müde aus, einsam. Die Wohnungstür wird aufgeschlossen. Danilo geht aus dem Zimmer. Pamela denkt an seine Mädchen, an Franzi und Ruby und Julie. Sie hätte sie gerne noch mal gesehen, in ihrem Haar gerochen, an ihrem Nacken. Sie hätte Ellen gebeten, Danilo zu verzeihen. Sie ist voller Trauer darüber, dass sie nie schwimmen gelernt, dass sie sich nie einen Badeanzug angezogen hat, dass da immer nur Scham war über ihren Körper, dass der Sportlehrer ihr einfach eine Vier gab und nie ein Attest oder eine Entschuldigung der Eltern verlangt hat, weil er eigentlich froh war, dass sie nicht mitmachte beim Unterricht. Sie hört Danilo und Marcel im Flur. Danilo wird laut, aber sie kann nicht verstehen, was er sagt. Dann steht Marcel im Türrahmen. Sie überlegt, sich schlafend zu stellen, bis er wieder gegangen ist. Aber sie hebt die Hand und winkt ihrem jüngsten Bruder zu, den sie eigentlich gar nicht richtig kennt. Er winkt zurück, blickt lange zum Fenster und wieder zu ihr. Mehrmals öffnet er den Mund, aber er spricht nicht, bevor er sich abwendet und geht. Sie hört Danilo sagen, dass er ihn anruft, dann fällt die Haustür ins Schloss. Pamela lächelt und schließt die Augen. Dass Danilo ihre Asche verstreuen kann in der Brenz oder im Itzelberger See, denkt sie. Sie hört ihren Atem, aber spürt ihn nicht. Sie weiß, sie ist da. Der Horizont ist weit und grau. Sie schwimmt wie ein Fisch.

11

Danilo nimmt Frankie das Telefon aus der Hand, als es zu klingeln beginnt. Er wirft es in hohem Bogen auf die Ackerfläche hinter dem Rastplatz. Frankie sieht dem Telefon nach, in der Luft verstummt der Klingelton. Danilo steigt in den Wagen und lässt den Motor an. Du kannst deine Freundin von meinem Telefon aus anrufen, sagt er und fährt an.

Ich kenn ihre Nummer nicht auswendig, sagt Frankie.

Selber schuld, sagt Danilo, steig ein.

Frankie klettert über den Zaun, der den Rastplatz umgibt, und geht durch das Gestrüpp auf den Punkt zu, wo er das Telefon vermutet. Er hört die Wagentür hinter sich zuschlagen. Dass Danilo einfach davonfährt, hofft er. Dann kommen seine Schritte schnell näher im Gras. Danilo packt Frankie am Nacken und wirft ihn zu Boden. Frankie schmeckt die Erde, riecht den schweren Geruch der verwesenden Pflanzen. Er dreht sich auf den Rücken und blickt hoch zu Danilo, der mit dem Daumen über seine Schulter in Richtung BMW zeigt. Danilos Silhouette ragt wie ein Turm in den trüben Himmel. Frankie hält die Luft an und tritt ihm mit aller Kraft zwischen die Beine. Das Telefon klingelt irgendwo hinter ihm. Vor ihm geht Danilo auf die Knie. Er atmet schwer. Er sagt etwas, das Frankie nicht verstehen kann. Frankie richtet sich auf und findet sein Telefon im Matsch neben einem Findling. Petras Name leuchtet auf dem gesprungenen Display.

Hallo, sagt Frankie.

Hallo? sagt Petra.

Ja, sagt er, bin dran.

Hallo? sagt Petra, Frankie, sag doch was.

Ich sag doch was, sagt Frankie.

Frankie? sagt sie, sprich doch.

Er drückt Petra weg und ruft sie zurück.

Willst du mich verarschen? sagt Petra, sag jetzt was.

Kaputt, sagt er zu Danilo, der sich aufgerichtet hat und mit vorgebeugtem Oberkörper in kleinen Schritten auf ihn zukommt.

Du hast es kaputt gemacht, sagt Frankie, das hab ich erst ein halbes Jahr.

Er beginnt eine WhatsApp-Nachricht an Petra zu schreiben. Danilo nimmt ihm das Telefon aus der Hand und schlägt es ihm mehrmals auf die Stirn.

Kaputt, sagt Danilo, jetzt ist es kaputt.

Er holt aus und wirft das Telefon in hohem Bogen in das angrenzende Gebüsch.

Du blutest, sagt er und zeigt auf Frankies Stirn und gibt ihm eine Ohrfeige. Als Frankie sich die Hände schützend vors Gesicht hält, schlägt er ihm auf den Kopf. Ein Mal. Zwei Mal. Drei Mal. So ist es immer gewesen. Frankie hatte nie was auszurichten gegen Danilo. Niemand hat je was auszurichten gegen Danilo. Als Frankie die Hände runternimmt, hält ihm Danilo seine Faust vors Gesicht.

Boxweltmeister, sagt er.

Halt's Maul, sagt Frankie.

Pass auf, sagt Danilo.

Ich hab keine Angst vor dir, sagt Frankie.

Danilo lacht.

Warum darf ich nicht telefonieren? fragt Frankie.

Frag nicht so viel, sagt Danilo, dreht sich um und geht zurück zum Wagen. Auf dem Rastplatz steht ein älteres Paar und sieht zu ihnen herüber. Danilo hebt die Hände und schüttelt den Kopf.

Mein Bruder, ruft er dem Paar zu, ich muss ihn manchmal vor sich selbst schützen.

Er tritt auf das Paar zu. Sie sprechen. Danilo schüttelt den Kopf, der Mann lacht laut. Frankie wischt sich über die Stirn und betrachtet das Blut an seiner Handfläche. Es ist nicht viel, nur ein wenig Schmiere. Er spuckt aus.

Was hast du denen erzählt? fragt Frankie.

Dass du behindert bist, sagt Danilo, haben sie sofort geglaubt.

Er lacht: Ich Tom Cruise, du Dustin Hoffman, und startet den Motor. Frankie brennt sich eine Zigarette an. Danilo nimmt sie ihm aus der Hand und steckt sie sich zwischen die Lippen.

Wo fahren wir hin? fragt Frankie.

Zu Ellen, sagt Danilo und fährt los.

Wohnt sie noch Paradies und Römer? fragt Frankie.

Nein, sagt Danilo.

Ist sie immer noch so schön? fragt Frankie.

Mit jedem Jahr schöner geworden, sagt er und setzt den Blinker, schöner und schöner.

Der Abend ist hereingebrochen, als sie das Ortsschild Geislingen passieren. Danilo reicht ihm sein Telefon und sagt: Gib Altmühltaler Straße 13 bei Maps ein. Er gibt die Straße und Hausnummer ein, tippt auf Route, tippt auf Start, die Stimme sagt, dass sie in dreihundert Metern links abbiegen sollen.

Die letzten drei Zigaretten hat Danilo aneinander angebrannt. Er hat sich eine Oxycodon aus der Packung gedrückt und trocken geschluckt. Danilo biegt links ab und die Stimme im Telefon sagt, dass er der Straße sechshundert Meter folgen soll.

Frankie nimmt die Tablettenschachtel aus der Ablage und fragt: Wogegen ist Oxycodon?

Heuschnupfen, sagt Danilo und hält an einer roten Ampel, und jetzt halt dein Maul.

Heuschnupfen im Winter, sagt Frankie.

Danilo greift sein Ohr und dreht daran, bevor er ihm einen Klaps auf den Hinterkopf gibt. Ich sag das nicht noch mal, sagt er.

Keine Fußgänger auf den Gehwegen. Die Häuser sind schmutzig und grau von den Abgasen der Autos und Laster. Frankie denkt, er würde verzweifeln, wenn er hier leben müsste.

Sieht aus wie bei dir, sagt Danilo und schließt die Augen und bremst gerade noch rechtzeitig, um nicht auf den vor ihnen fahrenden Wagen aufzufahren. Er blinzelt, als falle es ihm schwer, wach zu bleiben. Frankie vermisst Silvester, seine raue Stimme, den überforderten Blick. Jetzt würde er ihn vom Kindergarten abholen, Silvester würde ihm sagen, dass heute der perfekte Tag sein könnte, wenn sie Pizza machen zum Abendbrot, weil er im Kindergarten Super Mario mit seinen Freunden gespielt hat, und Pizza und Super Mario, das passt ja sehr gut. Sie würden einkaufen gehen für das Abendessen. Sie würden zusammen fernsehen. Pizza Mozzarella essen von Ristorante und versuchen, die Charaktere von Super Mario alle zusammenzubekommen aus der Erinnerung.

Dass dieses scheiß Geislingen so groß ist, sagt Danilo, hätte ich nicht gedacht.

Sie haben Ihr Ziel erreicht, sagt die Stimme im Telefon und Danilo biegt rechts ein in eine freie Parkbucht.

Frankie erkennt Ellen sofort. Sie trägt zwei Plastiktüten den Gehweg entlang. Sie hat nur eine dünne Jacke an. Im gelben Licht der Laterne ist sie blass und dünn. Der Wind weht ihr die Haare ins Gesicht. Drei Kinder laufen vor ihr her. Drei Mädchen.

Die Größte zeigt zu ihnen herüber. Paps, ruft sie, und Ellen bleibt stehen und stellt die Einkaufstüten auf dem Gehweg ab, da ist Danilo schon ausgestiegen und die drei Mädchen sind ihm in die Arme gefallen.

12

Seit sie aufs Gymnasium gekommen ist, gehört sie in Mathe zu den Besten ihrer Klasse. Sie versteht die Formeln, die Rechenwege. Sie erkennt einfach, was zu tun ist, wo man kürzen, wo zusammenziehen muss. Sie macht immer Hausaufgaben, es fällt ihr leicht, es macht ihr Spaß. Als sie Mathematik als Leistungskurs wählt, sieht der Paschen sie lange an.

Ich will ehrlich sein, sagt der Lehrer, da gehen Sie unter, das ist keine so gute Idee, wie Sie vielleicht denken.

Ellen antwortet ihm nicht.

Ich kenne ja Ihre Eltern, sagt Paschen, da sind Sie ganz allein auf hoher See, ohne Paddel, wenn wir loslegen im LK.

Was haben meine Eltern damit zu tun? fragt Ellen.

Ich bin schon zwanzig Jahre Lehrer hier am Gymnasium, sagt Paschen.

Vielleicht ist das das Problem, sagt Ellen und Paschen lächelt, als versuche er, Schmerzen zu überspielen.

In der Zwölf im Bio-LK ist die Dharia Reith, sagt Paschen, die wohnt da bei Ihnen, die kennen Sie bestimmt.

Na und, sagt Ellen.

Wenn Sie es sich unnötig schwer machen wollen, sagt Paschen, dann wählen Sie halt Biologie, da kann die Ihnen helfen zur Not.

Ich interessiere mich aber für Mathematik, sagt Ellen.

Was ich sagen will, sagt Paschen und blickt auf den Tisch, ich will nur helfen, ich will Ihnen doch nichts Böses.

Hussein schiebt ihr die Hand zwischen die Beine, ihr Schritt ist feucht, sie lacht und wacht auf. Dieser eine Moment. Husseins kalte Hand zwischen ihren Schenkeln. Niemand weiß, dass sie mit Hussein ins Bett geht. Sie verlässt das Zimmer mit dem schlafenden Hussein in dem Reihenhaus in der Oststadt und schließt ihr Fahrrad vom Gartenzaun. Sie fährt durch die Stadt, durch den klaren Wintermorgen, die zusammengetauten Schneehaufen am Straßenrand reflektieren das Sonnenlicht. Es ist Sonntag. Irgendwo läuten Kirchenglocken. Ellen wird nicht nüchtern. Ihre Hände brennen, ihr Gesicht brennt. Sie ist wund. Und Frankie und ich frieren auf einer Treppe, einem Parkplatz, auf der Umrandung des stillgelegten Springbrunnens am Bahnhof. Wir drehen unser letztes bisschen pulverigen Tabak zu dünnen Zigaretten, die nach verbranntem Papier schmecken. Wir sind gerade sechzehn. Danilo ist in einen silbernen Mercedes mit Frankfurter Kennzeichen gestiegen an der Bushaltestelle vor zwei Monaten und nicht wiedergekommen. Geräuschlos hat sich der Wagen in den Feierabendverkehr eingefädelt. Meterhoch die zusammengeschippten Schneehaufen an den Straßenecken. Danilos Blick war nach vorn gerichtet, sein Profil ein Schatten hinter der Seitenscheibe. Danilo ist weg und wir wissen nicht, wann er wiederkommt. Wir haben nichts zu tun, keine Arbeit, kein Geld. Und Frankie hält Ausschau nach Ellen. Aber Ellen ist nicht zu finden. Und ihre Mutter sagt uns am Telefon, dass sie nicht weiß, wo sie steckt. Aber sie liegt im Bett in dem Zimmer, das gleich neben dem Telefonschränkchen abgeht vom Flur, die Tür einen Spalt geöffnet, sie ahnt Frankies Stimme am anderen Ende der Leitung. Am Nachmittag sehen wir sie auf dem Fahrrad. Sie hat Kopfhörer auf, den Walkman an. Sie hört uns nicht, als wir nach ihr rufen. Sie fährt uns davon und wir rauchen unseren letzten Brösel Haschisch, das kaum zu schmecken ist und noch weniger zu spüren. Im Hinterhof vom Kochlöffel riecht es nach Brathähnchen. Warm ist es von der Lüftungsanlage. Hier stehen wir. Nur noch Frankie und ich. Die anderen sind gegangen. Frankie will nicht nach Hause, wo es so voll ist, seit seine Tante Cornelia mit ihrer kleinen Tochter im Wohnzimmer wohnt. Frankie, sage ich, Ellen ist das Meer und du bist nur ein Fluss.

Und Frankie lacht und zittert und raucht und fünfundzwanzig Jahre später flüstere ich Danilo ins Ohr, dass er Frankie nach Hause bringen soll zu seiner Petra und seinem Silvester, dass Ellen ihm noch nie gutgetan hat, dass er Frankies kleine Familie nicht kaputt machen soll. Aber Danilo lacht nur, drückt seine Mädchen an sich und dreht sich mit ihnen im Kreis, während Frankie aussteigt und sein Herz wie wild schlägt, als Ellen einen Schritt auf ihn zumacht und ihr Lächeln lächelt.

Das ist alles, was du zu sagen hast? fragt Ellen.

Ellens Vater trinkt seinen Kaffee aus, nimmt die Kanne und gießt sich nach. Ihre Mutter liegt seit dem Morgen im Krankenhaus. Ihr Vater hat es ihr gerade erzählt, als sie aus der Schule gekommen ist. Ellens Mutter putzt in dem Dentallabor, in dem Frankie seine Ausbildung machen wird, jetzt noch nicht, aber bald, in acht Monaten. Da in dem Labor ist sie von der Leiter gefallen, als sie an das Oberlicht will, auf das eine Taube geschissen hat. Ihr Vater hebt die Schultern.

Der Kaffee ist nicht gut für deinen Blutdruck, sagt Ellen.

Ausnahmsweise, sagt ihr Vater.

Weißt du wenigstens die Station und das Zimmer? fragt Ellen.

Fünf oder sechs, sagt ihr Vater, Zimmer hab ich vergessen.

Ellen schüttelt den Kopf und nimmt ihre Jacke vom Sessel. Sie weiß, sie muss nachsichtig sein, seit seinem Unfall. Im Schlafzimmer der Eltern packt sie eine Tasche für ihre Mutter, im Bad Zahnbürste, Haarbürste, das Deo, und geht aus der Wohnung. Sie denkt an die Funktion, an ihre Definitionsmenge, die sie angeben muss für morgen, sie denkt an den Nachmittag im Krankenhaus, ans Einkaufen, ans Abendbrotmachen und Abspülen, an die Verabredung mit mir und Danilo und Frankie. Sie hängt sich die Tasche über die Schulter und geht den Schlossberg hinauf. Und am Empfang im Kreiskrankenhaus fragt sie nach ihrer Mutter und geht auf die Station und betritt das Zimmer. Die Mutter schläft im Bett am Fenster, sie liegt in einem Gipskorsett, die beiden anderen Frauen auf dem Zimmer sehen fern, Ilona Christen, Fliege. Im Zimmer riecht es nach Krankenhausessen, nach Desinfektionsmittel, die Tür zum Badezimmer ist einen Spalt weit geöffnet, das Licht brennt, die Lüftung brummt. Ellen grüßt die Frauen. Sie setzt sich zu ihrer Mutter ans Bett, sie weckt sie nicht. Ihr linkes Augenlid zuckt. Getrocknete Spucke klebt ihr am Mundwinkel. Sie denkt an die bunt geringelten Hosen, die ihre Mutter trug, als Ellen ein Kind war, den eng geschnittenen, weißen Blazer dazu mit der goldenen Gürtelschnalle. Sie denkt an die Frau mit dem lautesten Lachen, das sie je gehört hat. Mit einem Papiertaschentuch versucht sie, ihrer Mutter die Spucke aus dem Mundwinkel zu wischen. Die Mutter stöhnt. Ihre Spucke geht nur schwer ab. Ellen schreibt der Mutter einen Zettel, bevor sie geht, dass sie ihr ein Telefon besorgen werde, dass sie morgen gleich nach der Schule wiederkomme, dass es dem Vater gut gehe, dass sie nach ihm schaue.

Sie will mit einem Arzt sprechen, aber die Schwestern sagen ihr, dass keiner auf Station ist, dass alle im OP sind oder in der Pause, dass sie morgen Vormittag zur Visite kommen soll. Da bin ich in der Schule, sagt sie und die Schwester sagt, dass auch besser der Vater kommen soll. Dass der nicht die Puste hat, den Schlossberg hochzulaufen, will Ellen ihr sagen, dass der sich nicht lange genug konzentrieren kann, um auf dem Busfahrplan herauszufinden, wann der richtige Bus fährt und wo er aussteigen muss, will sie der Schwester sagen, aber die ist schon weitergegangen und in einem Patientenzimmer verschwunden.

Die erste Vier Minus im Math-LK bekommt sie an dem Tag, als ihre Mutter aus dem Krankenhaus entlassen wird. Paschen bittet sie vor ans Pult, nachdem die Stunde zu Ende ist, und sagt, dass er in ihren Rechenwegen erkennen könne, dass sie die Aufgaben durchaus verstanden habe, dass sie nur unkonzentriert gewesen sei, ob er ihr irgendwie helfen könne?

Meine Mutter ist wieder gesund, sagt Ellen, jetzt wird es wieder leichter.

Paschen lächelt und sagt: Ich seh Sie im Abitur auf Zwei stehen, mindestens.

Ellen schwänzt die restlichen Stunden und fährt mit ihrem Fahrrad zu Hussein. Ab morgen, denkt sie, als sie ihr Fahrrad am Zaun abschließt, ab morgen schmeiß ich mich wieder richtig ins Zeug und gleiche die Vier aus. Zwei Stunden später schon denkt sie nicht mehr an Kurvendiskussion, an Kafkas Verwandlung, an die Broken-Window-

Theorie. Der wackelige Couchtisch in Husseins verrauchtem Wohnzimmer ist voll mit Drogen, ständig kommen und gehen Menschen, die meisten kennt Ellen nicht, aber sie ist glücklicher mit ihnen als mit ihrer Familie. Die geschlossenen Vorhänge lassen sie nur ahnen, ob es Tag oder Nacht ist, Morgen oder Abend. Sie geht mit Hussein auf sein Zimmer. Als sie wieder zurückkommt, macht ihr jemand Platz auf dem Sofa vor dem großen Haufen Koks. Als Ellen nach drei Tagen ohne Schlaf Husseins Haus verlässt, fehlen ihrem Fahrrad das Vorderrad und der Sattel. Sie lässt es stehen und geht zu Fuß durch die ganze Stadt. Die vergangenen drei Tage sind wie ein langer Schatten, ein sepiabrauner Koben ohne Gestern und Morgen. Sie will so schnell wie möglich wieder dahin zurück. Sie schlägt den Kragen ihrer Jacke hoch und hofft, dass sie niemanden trifft, den sie kennt.

Scheiß Kanaken, sagt ihr Vater, als sie ihren Eltern erzählt, dass das Fahrrad gestohlen wurde, dass sie für fünfzig Mark aber ein neues bekommen kann von einer Freundin aus der Schule. Scheiß Kanaken, sagt der Vater, während die Mutter auf Krücken ins Schlafzimmer humpelt, um das Geld zu holen aus ihrer Schatulle mit dem Ersparten, in der abschließbaren Schublade ihres Nachttisches, die Ellen in ein paar Monaten aufbrechen wird, während die Eltern im Wohnzimmer Notruf 110 mit Hans Meiser schauen.

Scheiß Kanaken, sagt ihr Vater.

Sei doch mal still endlich, bitte, sagt Ellen und steckt das Geld in die Hosentasche, immer die gleiche dumme Leier von dir.

Im Steinbruch in Schnaitheim steht ein Bierzelt im Regen. Der DJ legt zum fünften Mal am Abend »We are the

Champions« auf, er wird es bis zum Morgen noch mindestens zehn Mal spielen. Der Boden im Zelt ist aufgeweicht. Ein paar Bierbänke am Rand, ein paar Tische vorn im Eingangsbereich, der Rest ist Tanzfläche. Es ist viel zu kalt für Sommer. Die Sonne geht unter, die hohen Felswände werfen lange Schatten. *Abi? … hab i* steht auf den T-Shirts der Abiturienten, die das Bier zapfen, die mit erhobenen Armen zur Musik schwanken. Ellen sitzt auf Frankies Schoß. Sie streicht über seinen Arm. Sie gibt ihm einen Kuss auf die Stirn und auf den Mund und steht auf und verschwindet in der Menge. Frankie rührt sich nicht. Wenn er sich bewegt, dreht sich die Welt, wenn er sich bewegt, muss er kotzen. In seinem Blick geht das Licht aus. Er hatte nie eine Chance bei Ellen, das weiß er nur nicht. Danilo und ich brennen uns Zigaretten an und blicken Ellen hinterher, die sich durch die Schlange vor dem Bierstand zwängt, in der Menge verschwindet und vor dem DJ-Pult wiederauftaucht, wo getanzt wird im Matsch, zwischen zertrampelten Bierbechern. Zwei Mädchen aus Ellens Stufe winken sie zu sich, sie breiten die Arme aus, als seien sie lang vermisste Freundinnen. Ellen lächelt und schüttelt den Kopf. Sie tritt durch die Zeltöffnung nach draußen in den Regen. Sie hat noch nie so viele glückliche Menschen im Regen gesehen. Sie sucht nach Hussein. Sie findet ihn nicht. Sie friert in ihrer dünnen Jacke. Ein Junge, der ihr bekannt vorkommt, bietet ihr eine Flasche Saurer Apfel an. Der Junge ist groß, er hat breite Schultern, sein T-Shirt klebt nass an seiner Brust, er hat schöne Schlüsselbeine. Ellen nimmt die Flasche und trinkt und trinkt und gibt sie zurück. Sie blickt ihn an mit ihrem Blick, der immer funktioniert.

Was ist dein Abischnitt? fragt er und Ellen schüttelt den

Kopf und geht weiter. Der schöne Junge ruft ihr etwas hinterher, aber sie dreht sich nicht um. Sie sucht Frankie und Danilo und mich, aber wir sind nicht mehr an unserem Platz. Frankie kotzt hinter die Dixiklos, und Danilo und ich verkaufen mit braunem Fimo gestrecktes Haschisch an betrunkene Abiturienten. Ellen geht. Alleine läuft sie den Schotterweg aus dem Steinbruch bis zur Steigstraße. Sie sieht nicht auf. Die Scheinwerfer der Autos, die ihr entgegenkommen, blenden sie. Sie hält den Kopf gesenkt, die Hände in den Taschen ihrer Jacke vergraben. Der Regen tropft aus ihren Haaren, ihre Füße in den Stiefeletten sind nass. Abitur, denkt sie, braucht kein Mensch. Als sie den Zanger Berg hinabgeht, hupt sie ein Wagen im Vorbeifahren an. Der Wagen bleibt nicht stehen. Die Hecklichter verlieren sich langsam in der Nacht. Der Regen tröpfelt aus.

13

Ellen legt das Foto auf den Küchentisch und sagt zu Frankie: Nur damit du weißt, was das da ist.

Sie sieht Danilo nicht an, sie zeigt nur auf ihn. Er kennt die Aufnahme. Im Krankenhaus wurde sie gemacht. Die gebrochene Nase. Links der Schädel rasiert, die Naht beginnt an der Schläfe und verliert sich hinter dem Ohr. Die linke Gesichtshälfte hat die Farbe von überreifem Obst. Ellen trägt die Haare jetzt länger, dass die Narbe nicht zu sehen ist.

Frankie brennt sich eine Zigarette an. Er betrachtet das Foto. Franziska ruft aus dem Wohnzimmer. Sie will Danilo ihr Stickeralbum zeigen, die 3-D-Sticker, die sie gestern getauscht hat mit ihrer neuen Freundin, und die Nicht-Tauschen-Seite mit ihren Lieblingsbildern. Danilo schwitzt und friert. Sein Unterhemd klebt ihm nass am Körper. Er ist müde. Es gibt keinen Stuhl in der Küche.

War wegen dem Griechen, sagt Ellen.

Der Grieche, der nur französisch gesprochen hat, sagt Danilo und brennt sich eine Zigarette an und Ellen sagt: Willst du jetzt noch deine Kinder vergiften?

Aber Frankie raucht auch, sagt er.

Mach die Zigarette aus, Frankie, sagt Ellen und Frankie geht zum Spülbecken und hält die Glut unter den Wasserstrahl.

Was war mit dem Griechen? fragt er.

Nicht mehr viel war dann mit dem Griechen, sagt Danilo und ascht in die Tasse auf dem Tisch, die halb voll mit kaltem Kaffee ist, und raucht und lässt die Kippe in den Kaffee fallen, nachdem er den letzten Zug genommen hat.

Was ist mit deiner Stirn? fragt Ellen Frankie, hat er dich geschlagen?

Frankie fasst sich an die Beule und schüttelt den Kopf.

So bisschen fängt er immer an, sagt sie, um zu gucken, wie weit er gehen kann.

Als Franziska in die Küche kommt, dreht Ellen das Foto um.

Bringst du mich morgen zur Schule, Paps? fragt sie, dann kann ich dir mein Klassenzimmer und unser Wasserprojekt zeigen.

Frankie betrachtet Danilos Tochter, als glaube er nicht, dass sie wirklich existiert.

Wenn ich dann auch deine Freundinnen kennenlernen darf, sagt Danilo.

Franziska nickt: Vielleicht treffen wir auch die Schulkatze.

Nimm mal deine Schwestern und geh mit ihnen ins Kinderzimmer, sagt Ellen, und mach die Tür dann zu.

Warum? fragt Franziska.

Ich hab Eis gekauft, sagt Ellen, ich will die Kleinen gleich damit überraschen.

Franziska läuft aus der Küche und treibt ihre Schwestern dazu an, ihr schnell ins Kinderzimmer zu folgen, dass es dann eine Überraschung gibt.

Hat Paps eine Überraschung für uns? fragt Ruby, was hat Paps für eine Überraschung für uns?

Einen kleinen Hund vielleicht? fragt Julie.

Die Stimmen der Kinder werden leiser, eine Zimmertür schließt sich.

Hau jetzt ab oder ich ruf die Bullen, sagt Ellen.

Ich hab Geld für dich, sagt Danilo.

Ich will nix von dir, sagt Ellen und greift nach ihrem Telefon und entsperrt den Bildschirm.

Viel Geld, sagt er, für die Kinder und dich.

Dein Scheißgeld, sagt Ellen und tippt die Eins-Eins-Null in das Ziffernfeld. Frankie greift nach seinen Zigaretten, steckt sie aber wieder weg. Er betrachtet Danilo. Er schüttelt den Kopf.

Keller hier, sagt Ellen, ich habe eine einstweilige Verfügung gegen meinen Ex-Mann, und der ist jetzt hier in meiner Wohnung und bedroht mich.

Ich bin nicht dein Ex-Mann, sagt Danilo, du heißt immer noch Rabanser.

Schicken Sie bitte schnell eine Streife, sagt Ellen.

Wir sind nicht geschieden, sagt Danilo.

Ellen Keller, sagt sie, steht alles im Computer.

Ich warte im Wagen, sagt Danilo und geht aus der Küche. Bevor er ins Treppenhaus tritt, legt er die Stirn gegen die Wohnungstür, er bekommt kaum noch Luft. Kurz fühlt es sich an, als flattere ein Vögelchen in seiner Brust. Der Lichtschein unter der Kinderzimmertür, dahinter die Bewegungen seiner Mädchen. Er könnte zu ihnen gehen, ihnen einfach zuschauen, einfach da sein. Er schließt die Augen und öffnet sie wieder. In der Wohnung oben fällt etwas um. In seinem Rücken flackert der Fernseher. Er zieht die Tür auf. Im Treppenhaus ist es dunkel, es riecht nach Milchreis mit Zimt und Zucker.

Dein Lieblingsessen, sagt er und ich antworte: Was meinst du, was ich gerade esse?

Danilo lässt den Motor laufen, bis die Heizung den Innenraum des Wagens mit warmer Luft füllt. Eine Streife kommt nicht. Er stellt den Motor ab, steigt aus, holt die Decke aus dem Kofferraum und legt sich auf die Rückbank. Die Decke hat einen großen dunklen Fleck. Viel Blut ist da mal reingetrocknet, er weiß nicht mehr, von wem. Er benutzt die Tasche mit dem Geld als Kopfkissen.

Was machen die jetzt? fragt er.

Eine Frau und ein Mann gehen lachend den Bürgersteig entlang. Ihre Schatten ziehen durch das Innere des Wagens.

Was hat sie meinen Mädchen erzählt, fragt er, warum ich einfach gegangen bin?

Ich betrachte ihn von ganz nah, sein Gesicht, die groben Poren auf seiner Nase. Ihm platzt ein Äderchen im Weiß seines Auges. Ein winziger roter Fleck blüht auf. Ich summe ihm die Melodie vom Spannerlanger Hansel vor. Sein Atem geht gleichmäßig. Der Schweiß auf seiner Stirn trocknet. Er ist schön wie ein Kind. Er schläft. Der Wagen schaukelt ein wenig durch die Druckwelle eines vorbeifahrenden Lkw. Er träumt, auf einem Schiff irgendwo im Meer zu sein, kein Ufer weit und breit, Dunkelheit, Stille. Nur ein Sternenhimmel, unendlich und klar. Ich halte ihn in den Armen, dass er nicht ertrinkt. Zwei Stunden später wacht er auf. Seine Kleider sind durchgeschwitzt, die Scheiben des Wagens von innen gefroren. Er klettert über die Lehne auf den Vordersitz, stellt den Motor an, drückt sich eine Oxycodon aus der Packung und schluckt sie. Nur langsam erwärmt sich die Luft aus dem Gebläse. Danilo schließt die Augen. Er denkt an die dreihundertfünfzigtausend Euro in der Sporttasche. Ellen wird das Geld nehmen für seine Kinder, sie wird es nehmen, weil er ihr sonst nichts hinterlassen kann, außer die Klammern in ihrem Jochbein und im Kiefer. Sie ist der klügste Mensch, die beste Person. Sie weiß, dass sich Stolz nicht immer auszahlt. Wenn sie nüchtern ist, macht sie alles richtig. Sie wird nüchtern bleiben, wenn er sie in Ruhe lässt.

Mit seinem Stiletto hebelt Danilo das minderwertige Schloss der Haustür auf. Lautlos steigt er das dunkle Treppenhaus hoch und klopft bei Ellen. Dumpf das Klopfen auf der Sperrholztür mit dem aufgequollenen Furnier. Keine Antwort. Er lehnt sich mit der Schulter gegen die Tür und der Beschlag im Rahmen gibt nach. Niemand ist mehr hier. Das schwache Licht einer Stehlampe fällt auf die Möbel und Spielsachen von der Arbeiterwohlfahrt. In der Küche zwei leere Bierdosen. Ein Unterteller mit Kippenstummeln. Keine Zahnbürsten im Bad, kein Duschgel. Im Kinderzimmer steht ein Stockbett gleich rechts und an der gegenüberliegenden Wand ein Kinderbett. Als Vorhang ein Laken an den Fenstersturz genagelt. Der Kleiderschrank steht offen, er ist ausgeräumt. Auf dem Schreibtisch ein Heft, Hausaufgaben und Mitteilungen, und Danilo denkt an Franziskas Schultüte, an ihr Einschulungsfest. Dass er nicht weiß, welches Kleid sie getragen, was sie sich zu essen gewünscht hat. Im Licht der nackten Glühbirne, die von der Decke hängt, schlägt er das Hausaufgabenheft auf, entziffert die gemalten Buchstaben: Montag fünf Euro für Wandertag! Aus dem Geldbündel in seiner Tasche löst er einen Fünfer und legt ihn in das Heft. Er zieht seine Hose, seinen Pullover aus. Er legt sich in das Bett, deckt sich zu und schließt die Augen. Er muss die Beine anziehen, um ins Bett zu passen. Hier riecht es wie bei Franziska hinterm Ohr. Er streicht mit den Fingerspitzen über das Kissen. Er hustet.

Der Bibi-und-Tina-Wecker auf dem Schreibtisch zeigt

zwei Uhr, als Danilo aufwacht. Er weiß erst nicht, wo er ist, das grelle Licht der Glühbirne verwirrt ihn. Er hat Franziskas Bett vollgeschwitzt. Danilo zieht sich ganz aus, steckt die Sachen in die Waschmaschine. Das in die Maschine laufende Wasser, der Motor, der sich mit einem Stöhnen zu drehen beginnt, die Wäsche, die gegen die Trommel klatscht. Er schließt kurz die Augen und lässt sich einhüllen von den Geräuschen. Er zieht einen Morgenmantel an, der an der Badezimmertür hängt und ihm viel zu klein ist.

Wo sind die hin? fragt er.

Was glaubst du? frage ich.

Wollen die Paradies und Römer? fragt Danilo.

Wo können die denn schon hin, sage ich.

Danilo duscht, schneidet sich die Fingernägel, die Fußnägel. Rasiert sich ohne Rasierschaum mit einem benutzten Rasierer von Ellen. Während seine Wäsche auf den Heizkörpern trocknet, putzt er das Bad, die Küche, spült ab und stellt den Müll raus. Er räumt die Spielsachen auf. Macht die Betten der Kinder frisch. Nur Staub saugen kann er nicht. Der Staubsauger hat keinen Beutel. Er bürstet den Teppich mit einem Schrubber und fegt die Krümel unter das Schränkchen, auf dem der Fernseher steht. Er lüftet, nachdem er sich wieder angezogen hat. Er trinkt ein warmes Bier, das er im Küchenschrank findet, während sich das Blau des Morgens am Horizont in die Nacht schiebt. Er stellt sich vor, dass Ellen und die Kinder zurückkommen, wie ihr Lachen aus dem Treppenhaus in die Wohnung dringt, wie das Türschloss klackt und alle angelaufen kommen, wie der Duft von frischen Brötchen und Hörnchen gemischt mit dem Geruch des Winters den Raum ausfüllt. Wie die Mädchen zu ihm aufs Sofa stürmen und ihn unter sich begraben, wie Ellen lächeln muss, obwohl sie nicht will. Ich komme ganz nah an sein Ohr und flüstere: Weißt du noch, die Nacht, als wir auf den Schlossberg zum Wildpark sind, um die Schnee-Eule zu klauen? Das war vergangene Nacht vor zwanzig Jahren. Kalt war es und die Sterne standen am Himmel und der Mond war so nah und hell und groß in unserem Rücken, dass wir Schatten warfen auf den Weg vor uns, die sahen aus wie Riesen, die in den Wald ausgegossen wurden. In den Augen eines Fuchses spiegelte sich im Unterholz für Sekunden das Mondlicht, wie ein Blitz. Wir haben uns Mut angesoffen im König-Wilhelm die halbe Nacht, aber wir sind trotzdem nüchtern und müde, als wir oben ankommen. Zweihundert Mark, hast du gesagt. Zweihundert Mark kriegen wir für die Schnee-Eule von einem Vogelfreund, den du kennst. Wir haben einen Sack dabei für die Eule, einen kleineren Beutel für ihren Kopf, eine Kordel, um ihre Krallen aneinanderzubinden. So sollen wir das Vieh nach Hause schaffen, hat dein Vogelfreund gesagt, dann macht es keinen Ärger. Der Wind zieht eisig durch die Schneise des Waldwegs. Frankie will sich auf die Bank neben dem Fütterungsautomat setzen, der vor dem Rotwildgehege steht. Wir beide wollen uns da hinsetzen, mehr als alles andere in der Welt. Uns ist so kalt. Wir sind so müde. Ein weißer Hirsch steht auf einem Hügel wie eine Statue und regt sich nicht. Nur kurz wollen wir uns setzen und den Hirsch bewundern, der im Mondlicht leuchtet und uns mustert. Er weiß alles über uns, was war, was sein wird. Er sieht direkt in unsere Herzen. In unseren Beinen ist keine Kraft mehr, sie sind taub und warm und wie Gummi weich und angenehm. Aber du erlaubst uns nicht, sitzen zu bleiben. Weiter, weiter, weiter, sagst du, weiter, weiter, weiter, und du hebst einen Stein auf und wirfst ihn nach dem Hirsch, der davonstäubt in die Nacht und nichts hinterlässt im Mondlicht außer einer Wolke aus glitzerndem Reif. An der Voliere der Greifvögel gehen wir dann einfach vorbei. Du treibst uns fort von den zweihundert Mark. Über das Klinikgelände. Eine Krankenschwester beobachtet uns von einem Balkon aus, auf dem sie raucht, ihr Gesicht leuchtet über ihrer weißen Uniform, wenn sie an ihrer Zigarette zieht. Hätten wir uns gesetzt damals, wir wären nicht mehr hochgekommen, wir wären alle erfroren.

Der ganze Scheiß hier, sagt Danilo.

Wie schön du es hattest, sage ich, das weißt du jetzt noch gar nicht.

Warum bist du einfach so gestorben, Ferry, fragt er, warum einfach so von jetzt auf nachher?

So was passiert, sage ich.

14

Ellen ist nie ein Mädchen, sie ist immer eine Frau, auch damals mit fünfzehn, als wir sie kennenlernen. Wir können den Blick nicht von ihr abwenden. Wenn sie vom Rad steigt, wenn sie sich auf die Lehne der Bank vor dem Spielplatz setzt, wenn sie durch die Glastür von Haus 4 ins Freie tritt. Als ob sie sich mit jeder Bewegung für einen Wimpernschlag aus ihren Kleidern schält. Die Ahnung ihres Körpers lauert wie eine ständige Versuchung. Die Narbe jetzt an ihrer Schläfe, unter ihren Haaren. Die schiefe Nase. Sie ist ein Rätsel, das nicht zu lösen ist.

Sie lächelt Frankie zu und wirft einen letzten Blick zurück in die Wohnung.

Wir lassen das Licht brennen, sagt sie, dann sucht uns Paps erst hier, dann haben wir mehr Spaß beim Verstecken.

Die Mädchen halten sich an den Händen und gehen leise und schweigend das dunkle Treppenhaus hinab. Und durch die Kellertür auf der Rückseite des Hauses ins Freie. Der kalte Wind bläst ihnen die Haare in die Gesichter. Ellen zieht den Reißverschluss ihrer Jacke bis unters Kinn. Der Himmel ist schwarz und klar. Die Sterne blinken, der Mond leuchtet zwischen zwei Wohnblocks hindurch.

Ich will nicht immer nur Fangen spielen mit Paps, sagt Julie, Zelda soll er mit mir spielen.

Aber es macht ihm doch solchen Spaß, flüstert Ellen

und nickt Franziska zu, diesmal machen wir es ihm auch nicht so schwer, dann findet er uns schneller und er kann mit dir zocken, okay?

Und jetzt leise, sagt Franziska. Sie queren den Hof und biegen auf einen unbefestigten Weg, der zwischen den Wohnblocks an einer breiten Straße endet. Ellen beschleunigt den Schritt. Bei jedem Wagen, bei jedem Lichtkegel, der sich ihnen nähert, wird sie langsamer und blickt sich um. An einem Balkon schlägt eine Deutschlandfahne im Wind. Das Rattern des Rollkoffers vermischt sich mit dem Keuchen der Kinder, die versuchen, nicht hinter Ellen zurückzufallen. Der Polarstern glüht über ihnen im Himmel. Franziska beginnt ein Lied zu singen. Erst ganz leise. Von einer Schule mit magischen Tieren, ihre Schwestern stimmen kichernd mit ein, bis Ellen sich umdreht und einen Blick zurückwirft. Die Kinder verstummen.

Sie biegen auf einen Verbindungsweg zu einem modernen Wohnblock. Hinter den Glastüren schimmert die Notbeleuchtung des Treppenhauses, spiegelt sich auf den polierten Marmorstufen. Ellen sieht sich um, mehrmals, bevor sie klingelt. Es dauert lange, bis sich eine Stimme über die Gegensprechanlage meldet.

Ich bin's, sagt Ellen.

Hat er euch gefunden? fragt die Stimme.

Ja, sagt Ellen.

Er ist euch nicht hierher gefolgt? fragt die Stimme.

Nein, sagt Ellen.

Ich komm runter, sagt die Stimme.

Die Frau erschrickt, als sie Frankie sieht. Sie lässt die Türklinke los. Ellen hebt die Hände und sagt: Das ist er nicht, das ist ein Freund.

Sie öffnet ihnen die Tür.

Als ich den da sah, sagt die Frau.

Alles gut, sagt Ellen und umarmt sie.

Bei dem, was du mir erzählt hast, sagt sie und führt sie eine Treppe hinab in einen Kellergang. Am Ende des Ganges schließt sie eine Tür auf und gibt Ellen den Schlüssel. Die Heizungsanlage brummt, ein leichtes Vibrieren in Wänden und dem Boden.

Du weißt ja, wo alles ist, sagt die Frau, ich muss wieder hoch.

Morgen früh sind wir weg, sagt Ellen.

Ihm ist es wichtig, sagt die Frau und zeigt mit dem Finger zur Decke, dass wir nichts draufzahlen.

Sie tritt von einem Bein auf das andere, weicht Ellens Blick aus. Ellen sucht ihr Portemonnaie aus der Handtasche und reicht ihr einen Fünfziger. Sie nimmt den Schein, faltet ihn zusammen und steckt ihn sich in die Hosentasche.

Gute Nacht, sagt sie und geht mit quietschenden Schritten den Gang runter.

Freunde kann man sich nicht immer aussuchen, sagt Ellen, nachdem sie durch die Verbindungstür verschwunden ist. Sie betritt den Raum und schaltet das Licht ein. Der Raum ist weiß gestrichen, ein roter Balken zieht sich mittig die Wand entlang. Ein runder Tresen ist in die Ecke gebaut, ein Kühlschrank mit Glastür, hinter der die Bierflaschen in Grün und Braun und Gold glänzen. Ein Regal mit Schnapsflaschen. VfB-Wimpel an den Wänden, Schals, Fahnen. An der Wand vor einer Couch ein Fernseher, Spielkonsolen. Die Kinder springen auf das Sofa.

Was schauen wir? sagt Ruby.

Nichts, sagt Ellen, wir schlafen jetzt, es ist spät, morgen müssen wir weiter.

Nur kurz, sagt Julie.

Nix kurz, sagt Ellen und beginnt, aus den Kissen und Polstern ein Lager auf dem Boden herzurichten. Sie holt Decken aus einem Schrank. Sie weiß, was sie tut. Die Kinder öffnen den Koffer und holen ihre Schlafanzüge heraus und ziehen sich um, putzen sich die Zähne, bürsten sich die Haare. Schweigend machen sie sich fertig für die Nacht. Nur Ruby schaut hin und wieder sehnsüchtig zum Fernseher.

Franziska schläft als Letzte ein. Sie flüstert mit Ellen in der Dunkelheit des Raumes, der schwach beleuchtet wird vom Kühlschrank, dessen Motor alle paar Minuten anspringt, die Bierflaschen leise aneinanderklirren lässt und für Sekunden das Brummen des Kellers löscht. Frankie lehnt an der Wand am Boden hinter der Theke, trinkt sein Dinkelacker und hört den beiden zu. Irgendwann tritt Ellen aus dem Schatten, setzt sich neben ihn und nimmt sein Bier und trinkt.

Für fünfzig Euro können wir uns ein paar gönnen, sagt sie.

Frankie denkt an die Jahre, in denen er sich nichts sehnlicher gewünscht hat, als so neben Ellen sitzen zu können. Sie lehnt ihren Kopf an seine Schulter. Er kann sie riechen, den ganzen tiefen Geruch von Ellen kann er riechen. Sie legt ihm die Hand auf den Oberschenkel.

Denkst du manchmal an früher? fragt sie halb im Schlaf.

Nicht mehr, sagt er und Ellen lacht leise.

Und du? fragt er.

Du warst immer der Beste, sagt sie und fährt ihm mit dem Finger über die Lippen und lässt ihn liegen auf der Narbe, die nach der letzten OP noch geblieben ist.

Irgendwann in der Nacht hat Frankie das Gefühl, dass

jemand vor der Tür steht. Er glaubt, unter dem Spalt der Tür einen Schatten zu erkennen, der sich bewegt. Er will rufen, aber kann den Mund nicht öffnen. Er horcht zur Tür hin, aber da ist niemand. Eines der Mädchen auf dem Matratzenlager schnarcht. Ellens Atem geht gleichmäßig an seinem Hals.

15

Ich muss mal mit deiner Mutter reden, ob man da nichts machen kann gegen deinen Sprachfehler, sagt Frau Pichòn und seufzt, das irritiert mich, wie du sprichst.

Wir sind in der zweiten Klasse. Sie putzt ihre Brille und setzt sie wieder auf.

Habt ihr Paradies und Römer kein Telefonbuch, sagt Frau Pichòn, um die Nummer eines Arztes rauszusuchen?

Frankie hebt die Schultern. Wieder lachen ein paar Kinder. Frau Pichòn blickt in die Klasse und lächelt, als freue sie sich, dass ihr Witz gut angekommen ist.

Zu Hause sagt Frankies Mutter Elke: Da hat dich ein Engel geküsst, nur eben ein wenig zu feste.

Aber meine Lippe ist wirklich komisch, sagt Frankie.

Nicht komisch, sagt Elke, besonders.

Sie zündet sich eine Zigarette an und bläst den Rauch zur Decke: Für mich hast du einen Mund wie Paul Newman.

Sie raucht still und betrachtet die Wand, während Frankie seine Hausaufgaben macht.

Wie heißt deine Lehrerin noch mal? fragt sie.

Pichòn, sagt Frankie und malt ein Schreibschrift-L in sein Heft.

Was ist das auch für ein Name, sagt seine Mutter und inhaliert tief.

Ein Lehrerinnenname, sagt Frankie und seine Mutter

drückt ihre Zigarette aus und steht auf und sagt: Da hast du wohl recht.

Am nächsten Morgen begleitet Elke Frankie zur Schule. Sie spricht im Klassenzimmer mit der Lehrerin. Die Klasse darf erst eintreten, als Frankies Mutter den Raum verlassen hat. Danach hat Frau Pichòn einen roten Kopf, die Kreide fällt ihr runter, ihre Hand zittert, als sie sie wieder aufhebt. Sie gibt der Klasse eine Stillarbeit und lässt sie für zehn Minuten alleine. Eine Woche später haben Elke und Frankie einen Termin bei einem Chirurgen, bei einer Logopädin war er bereits, die ihm als Hausaufgaben aufgegeben hat, Lakritzschlangen abzurollen und sie ohne Hilfe der Hände, nur mit der Zunge und den Lippen aufzuessen wie extralange Spaghetti. Frau Pichòn erwähnt die Sache nicht mehr. Aber Frankie hat das Gefühl, dass Frau Pichòn manchmal vor der Klasse Witze über ihn macht, die er nicht versteht, die die anderen nicht verstehen, alle verstehen aber, dass es ein Witz auf Frankies Kosten ist. Oft sind es Witze über betrunkene Mütter und haarige Männer, die im Wald leben wie Wölfe. Als er einen Nachmittag seine Mutter weinend am Küchentisch findet, fragt er sie, ob sie seinen Vater vermisst, ob sie deswegen weint.

Ich vermisse jemanden, der das alles einfacher macht, sagt sie und nimmt sich ein Taschentuch aus der Schublade.

Würde mein Vater das alles nicht einfacher machen? fragt Frankie.

Sie lächelt: Der sieht schon überhaupt nicht aus wie einer, der irgendwas einfacher macht.

Ist er auch an der Lippe operiert worden? fragt Frankie.

Elke sieht lange aus dem Küchenfenster: Der schönste und gefährlichste Mann, den ich je gesehen habe, das war dein Vater.

Wo ist er jetzt? fragt Frankie.

Sie lacht und hebt die Schultern und drückt ihre Zigarette aus: Keine Ahnung, aber du siehst ihm zum Glück nur ganz wenig ähnlich.

Elke steht auf und lässt Frankie am Küchentisch sitzen, der in der Reflexion in seinem Sprudelglas die Narbe an seiner Oberlippe betrachtet und sein Gesicht, und sich in seinen verschwommenen Zügen seinen Vater vorzustellen versucht.

Er ist mit mir verabredet am Nachmittag. Er hat von seiner Mutter ein paar Zigaretten gestohlen. Wir haben eine kleine Höhle am Hang vom Schlossberg entdeckt vor Wochen. Da haben wir uns verabredet, um rauchen zu üben. Ich habe ihm erzählt von den Briefen, die ich jeden Monat von meinem Vater bekomme und dass ich vermute, dass meine Mutter die Briefe schreiben lässt von unserem Nachbarn. Es stehen immer die gleichen Lügen in den Briefen. Mal muss er seine kranke Mutter pflegen in Bosnien, dann seinen kranken Vater, dann hat sein Bruder ihm Arbeit auf einer Ölplattform im Atlantik besorgt und wegen des ständig schlechten Wetters kann er nicht mehr weg von dort, oder er schürft nach Gold im strahlenden Licht Kaliforniens und ist kurz davor, auf eine Ader zu stoßen. Nie habe ich die Umschläge, die Briefmarken zu sehen bekommen. Wenn ich danach frage, hat sie meine Mutter dummerweise schon weggeworfen. Ich glaube ihr kein Wort, freue mich aber, wenn sie mir einen neuen gibt.

Elke verrät Frankie nicht, dass sie schwanger ist. Sie kauft sich Blusen und Hosen zwei Nummern größer, es fällt niemandem auf. Seiner Tante Cornelia sagt sie auch nichts.

Elke hat einen neuen Freund. Seit ein paar Monaten. Seit Cornelia bei ihnen wohnt, ist sie fast immer bei ihm. Georg. Frankie kommt am Nachmittag nach Hause – wir haben Schule geschwänzt, wir haben Kleber geschnüffelt und nach unverschlossenen Autos gesucht, aus denen wir etwas hätten klauen können –, da stehen im Flur zwei Koffer und er denkt zuerst, jetzt zieht Georg auch noch hier ein. Er hat Halsschmerzen, seine Nase ist innen geschwollen, er muss durch den Mund atmen. Und Elke sitzt mit Cornelia am Küchentisch und raucht und drückt die Zigarette aus und sagt: So, das war wirklich meine letzte.

Deine Mutter bekommt ein Baby, sagt Cornelia, in drei Monaten schon.

Frankie nimmt sich eine Zigarette aus der Schachtel auf dem Tisch und brennt sie an.

Da wird das aber eng hier, sagt er.

Das ist es ja, sagt Elke. Der Georg hat ja das Haus mit dem Garten, sagt sie, da wohnt nur seine alte Mutter und da kann das Baby auch mal schreien, ohne gleich alle aufzuwecken bei den dünnen Wänden hier.

Ich wechsle aber nicht die Schule für das letzte Dreivierteljahr, sagt Frankie, da fahr ich morgens mit dem Bus oder einer von euch bringt mich.

Das ist es ja, sagt Elke, Georg und ich kennen uns ja noch nicht so lange und da hat er vorgeschlagen, ob wir nicht erst mal als kleine Familie so auskommen und zusammenwachsen und uns dann weiter vergrößern, verstehst du?

Cornelia schüttelt den Kopf und Frankie raucht die Zigarette zu Ende und drückt sie im Aschenbecher aus und merkt, dass ihm die Lungenzüge zum ersten Mal nicht wehgetan haben, und jetzt nimmt sich Elke doch noch eine Zigarette aus der Schachtel und sagt: Und Georgs Mutter gewöhnt sich schwer an Fremde, so alt die auch ist.

Aber wenn ihr die ins Heim steckt, sagt Cornelia und zwinkert Frankie zu, ist ja wieder ein Zimmer frei und Platz in dem schönen Haus, solange machen wir es uns hier zu dritt gemütlich.

Ich bin gleich mit Ferry verabredet, sagt er, gibst du mir Geld?

Elke zieht einen Zwanziger aus der Tasche und hält ihn zwischen den Fingern.

Wir wollen jetzt erst mal nur das Beste für das Baby, sagt sie und reicht ihm das Geld, da müssen wir uns alle mal hintenanstellen.

Was wird es denn? fragt er und Elke hebt die Schultern und sagt: Georg wünscht sich ein Mädchen.

Wenn er die Socken angelassen hat dabei, sagt Cornelia, stehen die Chancen gut, ich spreche aus Erfahrung.

O Gott, sagt Elke, ich muss Zähne putzen, wenn Georg merkt, dass ich geraucht habe, flippt der aus.

Elke steht auf: Ich wusste, dass du groß genug bist, um das zu verstehen.

Ich muss los, sagt Frankie.

Wir sind bald wieder zusammen, sagt sie.

Ja, ja, sagt er.

Als Elke sich im Bad die Zähne putzt, geht Frankie, ohne sich zu verabschieden. Er hat die Schachtel Marlboro vom Tisch mitgenommen. Georgs Wagen parkt an der Straße, er sitzt hinter dem Steuer und liest in der Heidenheimer Zeitung. Frankie klopft an die Scheibe und als Georg sie runterkurbelt, steckt er sich eine Zigarette zwischen die Lippen und fragt ihn, ob er Feuer hat. Georg schüttelt den Kopf und sagt: Ich rauch nicht.

Dann drück das Ding da rein am Armaturenbrett, sagt Frankie.

Dazu muss ich die Zündung anmachen, sagt Georg.

Komm, sagt Frankie, Elke hat mein Feuerzeug, bitte.

Georg dreht am Zündschlüssel, die Lichter am Armaturenbrett leuchten auf. Er drückt den Zigarettenanzünder rein.

Was macht Elke mit deinem Feuerzeug? fragt er und der Anzünder klickt. Georg hält Frankie die glühende Spirale hin.

Sich heimlich ihre Zigaretten anzünden, sagt Frankie und inhaliert tief, was sonst?

Er wendet sich ab. Nach ein paar Schritten dreht er sich um und ruft: Und viel Glück für die kleine Familie!

Abends kaufen wir zwei Sixpack Dinkelacker an der Tankstelle und trinken sie auf der Wiese hinter dem Schuppen der Berufsschule. Frankie fühlt sich seltsam frei. Seine Tante hat nicht gesagt, wann er zu Hause sein soll. Wir zünden die Sixpack-Kartons an und die Wiese fängt Feuer und wir schauen dabei zu, wie die Flammen das trockene, kurze Gras fressen. Dünner Qualm steigt in den Abendhimmel. Die Sonne steht tief und die Bäume werfen lange Schatten. Irgendjemand ruft von irgendwoher. Das Feuer stirbt am Rand des Bürgersteiges. Langsam fährt ein Wagen mit heruntergekurbelten Scheiben vorbei. Der Mann auf dem Beifahrersitz droht uns mit der Faust. Frankie wirft eine leere Bierflasche nach dem Wagen, und bevor sie den Wagen getroffen hat, laufen wir bereits der untergehenden Sonne entgegen.

16

Ist das deine Retourkutsche wegen dem Schwarzwald? fragt Petra.

Ich helfe einem alten Freund, sagt Frankie.

Ferry? fragt Petra.

Danilo, sagt Frankie, Ferry ist tot, wie oft noch?

Silvester will Schlitten fahren mit dir, sagt sie.

Auf welchem Schnee denn? sagt Frankie und schaut zu Ellen und den Mädchen am Ende des Bahnsteigs. Ihre Haare, ihre Kleider flattern im Wind, der über den Bahnsteig bläst. Ruby und Julie sitzen auf dem Koffer, Franziska blickt die Gleise hinab und Ellen raucht. Außer ihnen wartet niemand auf den Zug nach Ulm.

Was die Erzieherinnen jetzt hier denken, sagt Petra leise, dass du mich im Kindergarten anrufst.

Die werden auch schon mal ihr Handy verloren haben, sagt er.

Du hast jetzt meine Nummer? fragt sie.

Ich hab sie notiert, sagt er.

Samstag haben wir den Termin, sagt sie, da geh ich nicht allein hin.

Bis dahin bin ich zurück, sagt er, versprochen.

Ich hab dich lieb, Frankie, vergiss das nicht, sagt sie und legt auf.

Frankie steckt Ellens Handy in die Tasche. Der Zug fährt ein. Die drei Mädchen hüpfen um den Koffer herum, der Zug hält, die Türen pfeifen und öffnen sich. Eine Frau tritt auf dem gegenüberliegenden Gleis aus dem Bahnhofsgebäude. Sie sieht aus wie Elke. Als sie bemerkt, dass die Bahn nach Ulm eingefahren ist, läuft sie zur Gleisunterführung. Frankie nimmt seine Schachtel aus der Tasche und steckt sie wieder zurück. Er beobachtet den Treppenaufgang. Er ist jetzt sicher, dass das seine Mutter ist.

Warum steigst du nicht ein? ruft Ellen von vorne. Sie steht mit einem Bein im Zug und mit dem anderen auf dem Bahnsteig. Lächelnd kommt die Frau die Treppen zum Gleis hochgelaufen. Frankie lächelt zurück. Das gibt's doch nicht, denkt er und winkt ihr. Sie bleibt einen Moment stehen, blickt kurz über ihre Schulter und steigt dann in der Mitte des Zuges ein. Die automatischen Türen pfeifen. Frankie macht einen Schritt in den Waggon und mit einem Ruck fährt der Zug an. Frankie geht langsam nach vorne. Was er zu ihr sagen soll, fragt er sich. Sie sitzt in der Mitte des Zuges, hält ihre Tasche auf dem Schoß und sucht etwas darin. Wann sie das letzte Mal telefoniert haben, fragt er sich, vielleicht will sie gar nicht mit mir sprechen, denkt er. Als er sich ihr auf drei Schritte genähert hat, blickt sie auf und lächelt, Frankie gefriert für einen Herzschlag, bis er erkennt, dass die Frau nicht seine Mutter ist.

Guten Tag, sagt er und geht weiter.

Warum hast du der Frau auf dem Bahnsteig gewunken? fragt Ellen, als er sich neben sie setzt.

Hab ich gar nicht, sagt er.

Hast du nicht? fragt Ellen.

Hab ich nicht, sagt Frankie.

Was hat Silvesters Mutter gesagt? fragt sie.

Ich soll dich grüßen, sagt er, sie möchte dich und die Mädchen mal kennenlernen.

Ellen legt ihren Kopf an seine Schulter.

Bei meiner Mutter lege ich mich erst mal in die Badewanne, sagt sie, die hat sich so eine Eckwanne einbauen lassen, da ist Platz für zwei.

Darf ich mit? fragt Julie.

Ich will auch mit, sagt Ruby.

Keiner von euch darf, sagt Franziska, Mama wollte Onkel Frankie einladen.

Aber Onkel Frankie, sagt Julie.

Pscht, sagt Franziska.

Ellen gibt den Kindern das iPad aus ihrer Tasche. Der Zug ist fast leer. Die Kinder gehen auf den Vierersitz gegenüber. Ellen legt ihre Hand auf Frankies Bauch und küsst sein Ohr.

Du hast schon damals so gut gerochen, sagt sie.

Was ist mit Danilos Auge passiert? fragt Frankie.

Sie lacht: Was hat er dir erzählt? Schlägerei? Schießerei? Mafia? Moskau-Inkasso?

Ich hab ihn nicht gefragt, sagt Frankie.

Beim Skifahren hat er das Auge verloren, sagt Ellen, wir waren im Allgäu. Wir hatten alles neu gekauft, die Skier, die Klamotten, die Stiefel. Wir waren nie vorher skifahren gewesen. Danilo hat so getan, als wüsste er, wie es geht. Der ist ins Gehölz gerauscht, weil er weder bremsen noch lenken konnte. Ein Ast hat ihm das Auge ausgestochen. Waren wir den Abend in der Notaufnahme statt beim romantischen Dinner.

Nimmt er deswegen die Schmerzmittel? fragt Frankie.

Weiß ich nichts von, sagt Ellen.

Oxycodon, sagt Frankie.

Die knallen gut, kommt man schwer ran, sagt sie.

Die Kinder jubeln über einen neuen Highscore. Ellen

öffnet an Frankies Hose den Reißverschluss und macht ihn wieder zu.

Wann hat das angefangen mit euch? fragt Frankie.

Er hat mich dazu gebracht, Entzug zu machen, sagt sie, und mir versprochen, jeden Tag eine Postkarte zu schicken, wenn ich in die Klinik gehe im Allgäu. Und er hat keinen Tag ausgelassen, sonntags hat er die Karte selber vorbeigebracht.

Frankie betrachtet die schlanke Linie ihres Halses. Die zarte Haut über ihren Wangenknochen. Sie öffnet seinen Hosenschlitz und macht ihn wieder zu. Drei Mal. Bis Frankie ihre Hand wegschiebt.

Was machen wir, wenn Danilo in Heidenheim am Bahnhof wartet? fragt Frankie.

Dann beschützt du mich, sagt Ellen.

17

Danilos Mutter kommt ins Klassenzimmer und stellt sich vor das Lehrerpult. Im Putzkittel, die Hände noch nass vom Wischwasser, Schaum läuft ihren Unterarm herab. Sie hat kein Wort gesagt, als sie eingetreten ist. Sie hat gerade den Flur gewischt und ihren Sohn an seinem Platz gesehen, durch die offen stehende Tür. Das einzige Kind im Raum, die Strafarbeit in sein Heft schreibend. Ich darf meinen Klassenkameraden kein Geld wegnehmen. Fünfzig Mal. Sein Lehrer hinter dem Pult blickt nicht zu ihr auf.

Sie sehen doch, sagt er, dass der Raum noch benutzt wird.

Seine Mutter hebt die Hand und öffnet den Mund, um etwas zu sagen.

Stellen Sie sich doch nicht so an, sagt er, putzen Sie halt erst noch woanders, ist doch nicht so schwer.

Danilo, sagt sie, mein Sohn.

Da blickt der Lehrer zu ihr auf und sieht ihr lange ins Gesicht.

Ach ja, Frau Rabanser, sagt er.

Was hat er gemacht? fragt sie.

Was Jungs halt machen, sagt der Lehrer.

Was hat er gemacht? wiederholt sie.

Er hat einem Mitschüler Geld weggenommen, um sich damit einen Mohrenkopfwecken zu kaufen, sagt der Lehrer.

Mein Junge bekommt genug zu essen, sagt sie, warum sollte er das machen?

Fragen Sie ihn das, sagt der Lehrer.

Wer behauptet, dass er das gemacht hat? fragt sie.

Der Junge, sagt der Lehrer, dem Danilo das Geld weggenommen hat, und zwei seiner Freunde.

Die lügen, sagt sie.

Warum sollten sie? fragt der Lehrer.

Weil Danilo genug zu essen bekommt und genug Geld, sagt sie.

Der Lehrer steht auf.

Sag deiner Mutter, dass du Stefan Schläge angedroht hast und dir mit der Mark dann einen Mohrenkopfwecken gekauft hast, sagt der Lehrer.

Würde ich nie machen, sagt Danilo.

Ach komm, Danilo, sagt der Lehrer, das wissen doch alle.

Ich hab doch selber Geld, sagt Danilo.

Nur weil ich Putzfrau bin, sagt seine Mutter, weil wir fünf Kinder haben, weil wir Paradies und Römer wohnen?

Vielleicht sollten wir besser zum Rektor gehen, sagt der Lehrer, so fangen wir gar nicht an jetzt.

War Ihr Rektor dabei? fragt Danilos Mutter.

Drei Kinder berichten übereinstimmend, dass Danilo Gewalt angedroht hat, um einen Mitschüler zur Herausgabe von Geld zu zwingen, sagt der Lehrer.

Wir haben Geld, wir geben unserem Sohn Geld, er macht so was nicht, sagt Danilos Mutter.

Waren Sie dabei? fragt der Lehrer. Oder Ihr Mann?

Danilos Mutter schweigt jetzt. Hinter ihrem Rücken reibt sie ihre Hände aneinander. Ein Geräusch wie Schmirgelpapier.

Wollen Sie sagen, dass ich eine Lügnerin bin? fragt sie.

Nein, sagt der Lehrer.

Ist mein Mann ein Lügner? fragt sie.

Nein, sagt der Lehrer.

Das haben Sie gesagt, sagt sie.

Der Lehrer schüttelt den Kopf: Du kannst gehen, Danilo, pack zusammen und geh nach Hause.

Ich bin gleich fertig, sagt Danilo, noch einen Satz.

Lass es gut sein, sagt der Lehrer, geh jetzt.

Nix, du schreibst die Strafarbeit zu Ende und zu Hause schreibst du sie noch mal, sagt Danilos Mutter und wendet sich ab und verlässt den Raum.

Sie wringt den Lappen aus und lässt ihn laut auf den Boden klatschen, während er sein Mäppchen und das Heft in den Schulranzen steckt. Sie sieht nicht auf, als er an ihr vorbeigeht, seine Schuhe quietschen auf dem feuchten Boden.

Das ist eine schöne Erinnerung, sage ich, die du dir da einbildest.

Er hat seine letzte Oxycodon genommen. Die leere Packung liegt zerknüllt im Fußraum des Beifahrersitzes. Sein Kopf auf der Nackenstütze, die Augen geschlossen, der Motor im Leerlauf, das Gebläse bläst warme Luft ins Innere des Wagens.

An dem Abend hab ich kein Abendessen bekommen, sagt Danilo.

Das stimmt gar nicht, sage ich.

Ich bin fast durchgedreht, sagt Danilo.

Deine Mutter hat nie ein Wort mit deinem Lehrer gewechselt, sage ich.

Warum bist du so leise? fragt Danilo.

Der Wind, sage ich, der Wind bläst so.

Hussein öffnet die Tür, als Danilo seinen Wagen vor dem Reihenhaus in der Oststadt abstellt und aussteigt. Hussein blickt die Straße entlang. Danilo winkt ihm. Hussein schüttelt den Kopf und verdreht die Augen. Er trägt Jogginganzug und Laufschuhe. Er sieht gesund aus.

Jetzt schauen wir mal, sagt er, als Danilo den schmalen Flur seines Hauses betritt. Er blickt noch mal die Straße entlang, bevor er die Tür schließt.

Die Bullen an dir dran? fragt Danilo.

Im Gegenteil, sagt Hussein und lächelt.

Das Fenster der kleinen Küche ist mit Alufolie abgeklebt. Auf der Arbeitsplatte stehen Reihen von Einmachgläsern auf Gestellen im Winkel von fünfundvierzig Grad. Die Gläser sind gefüllt mit Keimlingen.

Bist du Gärtner jetzt? sagt Danilo.

Brokkoli, sagt Hussein.

Ein Handy auf dem Küchentisch klingelt, die Vibration treibt es über die Platte. Hussein blickt auf das Display.

Wem hast du gesagt, dass du zu mir kommst? fragt er.

Niemand, sagt Danilo.

Unterdrückte Nummer, sagt er, ich kenn keinen mit unterdrückter Nummer. Mich ruft nie jemand mit unterdrückter Nummer an.

Jetzt gerade schon, sagt Danilo.

Was willst du? fragt Hussein.

Oxycodon, Fentanyl, sagt Danilo, alles, was du hast.

Hussein blickt zu dem Handy, das jetzt aufgehört hat zu klingeln. Er schaltet das Telefon aus und legt es in eine kleine Kiste, die mit Alufolie ausgeschlagen ist.

Deine Schwester ist doch tot, sagt er, die braucht nichts mehr.

Aber ich noch nicht, sagt Danilo.

Brokkoli, sagt Hussein, Ratten und Mäuse haben eine tödliche Dosis Gammastrahlen überlebt im Laborversuch, wegen dem 3-Diindolylmethan in Brokkoli. Er öffnet die kleine Kiste, in der sein Handy liegt, und schließt sie wieder. Google das mal, sagt er, wenn hier bald alles vorbei ist, wenn alles kaputt ist. Ich bin vorbereitet.

Hussein zeigt auf vier große Wasserkanister neben dem Herd. Er öffnet die Küchenschränke, die voller Konservenbüchsen sind.

Wasseraufbereitungstabletten, sagt er, Jodtabletten, Multivitamintabletten, Magnesiumtabletten, Zeolithpulver, das alles kann ich dir geben.

Geld spielt keine Rolle, sagt Danilo.

Das da ist bald nicht zu bezahlen, sagt er und zeigt auf seine Vorräte, Euros, Dummkopf, sind nix wert.

Danilo packt Hussein am Ohr und dreht daran, bis er in die Knie geht, dann drückt er sein Gesicht auf die Tischplatte. Als Hussein zu winseln beginnt, lässt er los.

Hussein hält sich den Schädel: Mit mir leg dich nicht an.

Danilo packt ihn wieder am Ohr und tritt ihm die Beine weg: Was jetzt!

Nachdem Hussein aufgestanden ist, geht er aus der Küche. Danilo folgt ihm ins Wohnzimmer. Aus einer Schublade holt er ein Nasenspray und wirft es ihm zu.

Fentanyl, sagt er, das macht bumm.

Was hast du da noch, sagt Danilo und steckt das Nasenspray ein.

Ein paar Pflaster, sagt Hussein, auch Fentanyl. Hoffentlich bringen die dich um.

Danilo nimmt die Pflaster und schlägt Hussein hart ins Gesicht. Er fällt um und bleibt vor der Schrankwand liegen.

Das ist dafür, weil du mir nie gesagt hast, dass du mit Ellen gevögelt hast, sagt er.

Mit wem hat die es nicht gemacht, sagt Hussein und richtet sich langsam auf.

Mit jedem außer mit Frankie, sagt Danilo und lacht und wirft ein Bündel kleiner Scheine auf den Wohnzimmertisch, bevor er geht.

Ein paar Kinder fahren mit Fahrrädern auf dem Bürgersteig vor seinem Wagen auf und ab. Sie haben keine Jacken an. Die Fahrräder sind zu klein für sie. An einem quietscht ein Stützrad. Die dünnen Pullis mit verwaschenem Aufdruck flattern ihnen im Wind um die Körper. Als Danilo sich ihnen nähert, halten sie an. Der Größte von ihnen stützt sich mit den Unterarmen auf seinem Lenker ab und blickt Danilo an. Er ist höchstens zwölf. Er hat einen Flaum an der Oberlippe. Die anderen sind etwas jünger. Sie haben rote Ohren und schwarze Augen, tief und glänzend wie Öl. Ihnen ist kalt.

Du hast auf unserer Straße geparkt, sagt der Junge mit dem Flaum.

Ich hab dir gleich eine aufs Maul gehauen, sagt Danilo und bleibt vor ihm stehen. Die Kinder lachen. Eins der Mädchen fährt im Hochstarter ein Stück die Straße hoch, wendet und kommt wieder zurück.

Der mit dem Flaum rührt sich nicht, sieht Danilo nur von unten herauf an: Wer auf unserer Straße parkt, muss Parkgebühren zahlen. Er zeigt auf Danilos rechtes Vorderrad, an dem eine gelbe Parkkralle befestigt ist. Das Hochstarter-Mädchen lässt einen Schlüsselbund an seinem ausgestreckten Mittelfinger baumeln.

Wenn du mich anfasst, sagt der Junge, ist sie mit dem Schlüssel weg.

Haben eure Eltern euch das beigebracht? fragt Danilo.

Fünfzig Euro, sagt der Junge.

Sind eure Mütter zu alt geworden, sagt Danilo, um für eure Väter klauen zu gehen?

Das Hochstarter-Mädchen spuckt auf den Boden.

Hundert Euro, sagt der Junge.

Oder sind sie noch in dem Ziegenstall, in dem sie euer Vater angebunden und geschwängert hat? sagt Danilo.

Hundertfünfzig Euro, sagt der Junge.

Wo kommt ihr eigentlich her? fragt Danilo.

Wir sind gar nicht hier, sagt der Junge.

Husseins Haustür öffnet sich und Hussein tritt nach draußen. Er blickt die Straße entlang. Er hält sich an der Hauswand fest. Er hat Blut im Gesicht und auf dem Jogginganzug.

Dreh diesen kleinen Zigeunerwichsern den Hals um, ruft er.

Was ist mit dem? fragt der Junge.

Der wollte Parkgebühren von mir, sagt Danilo, nimmt sein Messer aus der Tasche, lässt es aufschnappen und hält es dem Jungen an den Hals.

Ich schneide dich ein Mal ganz auf, sagt er, von oben bis unten und von links nach rechts.

Der Junge sieht ihn an. Bewegt sich nicht. Zeigt keine Regung in seinem Gesicht.

Pfff, sagt er.

Und du weißt, dass ich keinen Scheiß rede, sagt Danilo. Unter der Klinge bewegt sich der kleine Adamsapfel.

Mach die Kralle ab, ruft der Junge und das Mädchen mit dem Schlüssel steigt von seinem Fahrrad und löst die Kralle. Hussein lacht. Das Mädchen befestigt die Kralle mit einem Spanngurt auf ihrem Gepäckträger. Danilo klappt das Messer ein und brennt sich eine Zigarette an. Hussein geht lachend zurück ins Haus.

Gib mir eine, sagt der Junge.

Danilo nimmt eine Zigarette aus seiner Schachtel und gibt dem Jungen Feuer.

Wo wohnt ihr? fragt Danilo und einer der kleineren Jungs zeigt auf ein großes, heruntergekommenes Haus am Ende der Straße.

Da wohnt doch seit Jahren niemand mehr, sagt Danilo.

Wir schon, sagt der Junge.

Seid ihr Zigeuner? fragt Danilo.

Wir sind gar nichts, sagt der Junge, wir kommen nirgendwoher und gehen nirgendwohin.

Danilo lässt sein Messer aufschnappen und drückt die Spitze gegen sein Glasauge und dreht es zwischen den Fingern, als wollte er ein Loch bohren. Ich will, dass ihr alle ab morgen fleißig zur Schule geht, sagt er und klappt sein Messer zusammen.

Pfff, sagt der Junge.

Lern was, werde was, sagt Danilo.

Der Junge lacht: Haben meine Brüder schon versucht, hat nicht geklappt.

Er wendet sein Rad und fährt davon. Die anderen folgen ihm. Das Hochstarter-Mädchen zeigt Danilo den Mittelfinger, bevor es auf sein Fahrrad steigt. Die Kinder verschwinden an der nächsten Ecke. Danilo hört noch das Quietschen des Stützrades, das sich immer weiter entfernt.

Ellens Mutter steht am Küchenfenster. Im Licht der Dunstabzugshaube ist sie deutlich zu erkennen. Er hebt seine Hand und winkt ihr zu. Sein Hals ist trocken. Seitdem das

Fentanyl-Pflaster zu wirken begonnen hat, spürt er kaum noch etwas. Alles ist taub. Eine uferlose Sorglosigkeit hat sich in ihm ausgebreitet. Er zerfließt vor Glück und Zufriedenheit. Sein BMW steht halb in der Parkbucht, halb auf der Straße. Aber das stört keinen großen Geist. Er winkt Ellens Mutter erneut. Aber sie zeigt ihm nur ihr Telefon, bevor sie eine Nummer wählt und kurz hineinspricht. Danilo versucht, sich eine Zigarette anzubrennen. Aber die Kippe fällt ihm aus dem Mund. Beim dritten Mal erst schafft er es. Ellens Mutter schüttelt den Kopf. Ich bin nicht besoffen, will er rufen, aber es ist ihm egal, was sie denkt. Er geht zurück zu seinem Wagen und legt sich auf die Rückbank. Alles ist schön und warm und weich hier und riecht gut nach seiner Zigarette. Er schließt die Augen und stellt sich Ellen und die Kinder vor, wie sie sich im Aquarena im Außenbecken treiben lassen, überall warmes Wasser, aus dem Dampf in die kalte Luft aufsteigt. Sie haben das gesamte Bad für sich allein.

Und ich flüstere ihm zu: Geh besser, die Alte hat die Bullen gerufen.

Und Ellen treibt neben ihm und küsst ihn am Hals. Die Mädchen lachen verlegen und schauen weg, aber sind froh, dass Danilo und Ellen sich wieder verstehen, dass sie wieder zusammen sind, dass sie wieder eine Familie sind. Das Wasser vom Schwimmbad reicht bis zum Horizont.

Jetzt sind sie da, sage ich, jetzt ist es zu spät.

Es klopft gegen die Scheibe, und als Danilo die Augen öffnet, leuchtet ihm eine Taschenlampe ins Gesicht. Die Zigarette zwischen seinen Fingern ist von allein ausgegangen. Er lässt sie in den Fußraum fallen und richtet sich auf, die Wagentür wird von außen geöffnet. Zwei Uniformierte stehen davor.

Danilo, sagt einer von ihnen. Ich bin's, Uwe, erinnerst du dich?

Uwe, sagt Danilo, hast du nicht mal was Anständiges gelernt gehabt?

Polizeiobermeister bin ich jetzt, sagt Uwe, beste Entscheidung meines Lebens.

Danilo steigt aus dem Wagen. Sie geben sich die Hand. Der andere Uniformierte ist jünger, hat die Hände in die Seiten gestemmt, erwidert Danilos Nicken nicht. Danilo blickt hoch zur Wohnung von Ellens Mutter. Alles dunkel.

Mein Beileid noch wegen deiner Schwester, sagt Uwe.

War besser so, sagt Danilo.

Park dein Auto richtig und wir sind weg, sagt Uwe.

Nee, sagt sein Kollege, der hat doch eine EV, hat die Zentrale gesagt, der darf hier nicht sein, der muss weg hier. Und wenn der noch mal auftaucht, nehmen wir den fest.

Danilo blickt den jungen Polizisten an. Er nimmt sich eine Zigarette aus der Schachtel und brennt sie an, über die Flamme hinweg betrachtet er weiter Uwes Kollegen. Er leckt sich die Lippen und bläst den Rauch in seine Richtung.

Steigen Sie ein und fahren Sie weg, sagt er, sonst nehmen wir Sie fest.

Das probiert ihr dann mal, sagt Danilo und fasst sich in den Schritt und sortiert seine Eier.

War das eine Drohung? fragt der Polizist.

Wie käm ich dazu, sagt Danilo.

Fahr einfach, sagt Uwe.

Danilo zwinkert Uwes Kollege zu, steigt in seinen Wagen, lässt den Motor an, setzt aus der Parklücke und fährt davon.

18

Ellens Mutter hat das Sofa im Wohnzimmer für Frankie bezogen. Ellen und die Kinder schlafen nebenan in Ellens altem Kinderzimmer. Die Straßenlaterne leuchtet zum Fenster herein. In Haus 3 gegenüber brennt noch Licht in einer Küche. Er überlegt, wer da früher gewohnt hat. In der Siedlung hat sich nicht viel verändert in den Jahren, die er nicht mehr hier war. Die Ölheizung haben sie ersetzt. Er erinnert sich, wie man im Winter die Öfen mit langen, in Wachspapier gewickelten Streichhölzern anzünden musste. Wie sehr er den Moment liebte, wenn der Dampf des Öls Feuer fing und blaue Flammen im Brenner züngelten. Und die Fenster sind jetzt aus Kunststoff und dreifach verglast. Wenn er die Luft anhält, hört er das Brummen des Fahrstuhls tief in den Betonplatten, als würde etwas Großes durchs Treppenhaus streifen. Der Abglanz des Warnlichts eines Rettungswagens, der den Schlossberg herunterrast, spiegelt sich gegenüber in den Scheiben. Er erinnert sich an Ellens Vater, der ihn immer mit dem gleichen Witz begrüßt hat: Sitzen einer mit ner Hasenscharte und einer mit nem Wasserkopf in der Sauna. Sagt der mit der Hasenscharte: Fu, fag mal, if ferdammt heif hier, waf? Sagt der mit dem Wasserkopf: Tüüüüüüüüüüüt. Frankie versucht, nicht an Petra und Silvester zu denken, an das leise Schnarchen seines Sohnes, wenn er sich in seinem Bettchen ausbreitet mit seinem weichen, warmen Körper, an

Petra auf dem Sofa vor dem Fernseher, an die unsichtbare Grenze zwischen ihm und ihr, an die Schönheit und Zartheit in ihrem Blick und den kleinen, blassen Fleck auf ihrer Nase.

Ich wollt noch eine rauchen, sagt Ellen und zeigt zum Balkon. Sie steht im Türrahmen. Hinter ihr der kurze, dunkle Flur, von dem Bad, Schlafzimmer und Kinderzimmer abgehen. Sie trägt eine kurze Hose und ein weites Hemd, das aussieht, als hätte es ihrem Vater gehört. Sie schließt die Tür hinter sich und greift Frankie ins Haar, als sie an ihm vorbei zum Balkon geht.

Meine Mutter schläft wie eine Tote, sagt Ellen und bläst den Rauch in die kalte Nachtluft.

Wer hat da noch mal gewohnt damals? fragt er und zeigt auf das beleuchtete Küchenfenster gegenüber.

Der Chris, sagt sie, der wohnt da immer noch, hat drei Kinder jetzt, die alle in die Waldorfschule gehen.

Ich dachte, der ist tot, sagt Frankie.

Der Arsch, sagt Ellen und lacht.

Sie sieht ihn an und hebt die Augenbrauen. Sie zittert ein wenig.

Ich hab eine Spirale drin und letztes Jahr hab ich mich testen lassen, sagt sie.

Frankie brennt sich noch eine Zigarette an. Sie macht einen Schritt auf ihn zu, legt die Arme um ihn und küsst seinen Hals.

Das kitzelt, sagt er.

Soll ja auch, sagt sie und lässt ihre Hände kurz unter sein Hemd gleiten.

Komm, sagt sie, drückt die Balkontür auf und tritt ins Wohnzimmer. Sie zieht sich im Gehen das Hemd über den Kopf und streift die Shorts ab. Sie trägt keine Unterhose.

Sie bewegt sich langsam, kraftvoll, als ginge sie unter Wasser. Im Schein der Straßenlaterne zeichnen sich die Muskeln unter ihrer weißen Haut ab. Ihr Hintern ist prall und rund und federt bei jedem ihrer Schritte. Sie legt sich auf das Sofa. Er betrachtet sie durch das Fenster. Ihre Brüste sind klein, die Brustwarzen dunkel, die Nippel stehen hervor. Ellen lacht und deckt sich zu. Er drückt seine Zigarette aus. Die Uhr über dem Fernseher in der Schrankwand zeigt Viertel nach eins. Petra schläft längst, denkt er, lass sie schlafen. Er setzt sich an den Rand des Sofas und fasst unter die Decke zwischen Ellens Beine. Sie ist voll und saftig und heiß. Sein Finger rutscht wie von allein in sie hinein. Sie schließt kurz die Augen, als sei ihr etwas eingefallen, das sie gleich wieder vergessen will.

Danilos BMW rollt aus und bleibt außerhalb des Lichtkegels der Straßenlaterne vor Haus 4 stehen. Es ist noch dunkel. Am Horizont zeichnet sich etwas Blau ins Schwarz. Es ist sechs Uhr. Alles schläft und schweigt. Frankie steht auf dem Balkon und raucht. Er riecht Ellen an sich. Hinter zwei Fenstern im Wohnblock gegenüber brennt Licht. Die Tür des Wagens öffnet sich und Danilo steigt aus. Sein linker Arm hängt schlaff herunter, als sei er nur angesteckt. Er blickt hoch zu Frankie, der schnippt die Zigarette über das Geländer und bedeutet ihm, dass er runterkommt.

Danilos Glasauge fehlt. Das Augenlid ist eingefallen. Frankie sieht ein wenig von der rosa Haut, die normalerweise innen ist. Mit jedem Blinzeln von Danilo stülpt es sich kurz nach außen. An seinem linken Ohr klebt Blut, die Muschel ist eingerissen.

Zünd mir mal eine an, sagt Danilo. Er blickt hoch zum Fenster, hinter dem seine Kinder und Ellen schlafen.

Hat dir Ellen erzählt, fragt er, was ich mit dem Griechen gemacht habe?

Ich hab nicht gefragt, sagt Frankie.

Danilo legt den Kopf in den Nacken, blickt in den schwarzen Himmel und atmet aus und ein.

Lass uns Kaffee holen, sagt er und zeigt auf den blauen Lichtschein hinten an der Steinheimer Straße, wo die Aral-Tankstelle ist. Er wirft die Tür seines Wagens zu und verriegelt mit dem Transponder.

Sie gehen vorbei an Haus 2, wo Frankie gewohnt hat. Wo ich gewohnt habe. Frankie blickt hoch zur vierten Etage. Zum Fenster seines Kinderzimmers. Er erinnert sich. An alles. An die Nächte. An die Tage. An alles dazwischen. An den Tropfen getrockneter Farbe am Kopfteil seines Bettes, und die Befriedigung, die es ihm verschafft hat, an dem Tropfen zu knibbeln mit dem Fingernagel, wenn irgendetwas war, wenn Kinder ihn hänselten wegen der Hasenscharte, wenn er sich nach Ellen sehnte, eine Sehnsucht so groß, dass er nicht atmen konnte. Er weiß nicht, was mit dem Bett passiert ist. Er wünscht sich den Tropfen Farbe zurück. Er könnte etwas zum Knibbeln gebrauchen.

Dein Auge, sagt Frankie, als sie die Steinheimer Straße überqueren, hast du da einen Ersatz?

Der Neubau der Berufsschule ein Block in der Nacht. Die Flure bläulich beleuchtet vom Notlicht.

Wenn es hell wird, sagt Danilo, fahr ich dich wieder nach Hause.

Er bleibt stehen, bevor sie das Gelände der Tankstelle betreten: Ich hab da Hausverbot.

Ein Mann kreuzt die Straße. Er sieht hoch zu Danilo und Frankie, die sich über das Geländer lehnen. Sie knien auf dem Sofa, das Pamelas Pflegebett Platz machen musste und den ganzen Balkon ausfüllt. Danilo hebt die Hand zum Gruß. Der Mann wendet den Blick ab und steigt in seinen Wagen. Sie sehen zu, wie der Opel zurücksetzt und davonfährt. Die Abgaswolke nebelt in der Kälte die halbe Straße ein.

Du musst dir eine neue Arbeit suchen, sagt Danilo, du musst dich um deine Familie kümmern.

Wo ist das Auge? fragt Frankie.

In einem Gin-Tonic-Glas im König Wilhelm, sagt Danilo und lacht. Er trinkt seinen Kaffee aus und wirft den Becher vom Balkon. Der Plastikdeckel ploppt ab und sirrt im Wind über den Asphalt.

Du musst mir die Schulter einrenken, sagt er und drückt die Balkontür auf.

Drinnen zieht er sich seinen Pullover über den Kopf. Sein Oberkörper ist athletisch. Lange, schmale, knotige Muskeln zeichnen sich ab unter seiner Haut, die glatt ist und weich und zart. Sie ist so hell, dass Frankie glaubt, er könne die Organe durchscheinen sehen. Danilo hat keine Haare auf der Brust. Ein großes, schönes Kind. Sein Arm steht im Schultergelenk seltsam ab.

Tut das nicht weh? fragt Frankie.

Danilo deutet auf ein kleines, quadratisches und durchsichtiges Pflaster auf seinem Bauch: Damit nicht.

Ich weiß nicht, wie man eine Schulter einrenkt, sagt Frankie.

Danilo legt sich auf den Boden.

Du drückst mir hier den Brustkorb runter mit dem Bein, sagt er, und ziehst an dem Arm, drehst ihn im Uhrzeigersinn und alles geht von allein.

Es ist ein seltsam befriedigendes Gefühl, als das Gelenk

in die Gelenkpfanne zurückflutscht, wie einen saftigen Pickel ausdrücken.

Während Danilo duscht, schneidet Frankie mit Danilos Stiletto eine Augenklappe aus einem schwarzen Pappkarton aus und befestigt ein Gummiband daran, das er in der Küchenschublade gefunden hat. Er sitzt auf dem Boden, mit dem Rücken an die Wand gelehnt. Außer einem Pflegebett ohne Matratze stehen keine Möbel im Wohnzimmer. Ein paar Pappkartonplatten mit aufgeklebten Puzzles lehnen an der Wand. Die Wohnungstür wird aufgeschlossen und wieder zugeworfen. Marcel sieht Frankie lange an. Dann lächelt er: Long time no see.

Not long enough, sagt Frankie und Marcel zieht die Augenbrauen hoch: Danilo auch da?

Frankie zeigt zum Bad und Marcel öffnet die Badezimmertür und tritt ein, ohne anzuklopfen. Die Brüder lachen. Die Klospülung rauscht. Es klatscht laut. Marcel kommt aus dem Bad und sagt: Auf Nimmerwiedersehen, und geht und wirft die Wohnungstür hinter sich zu.

Danilo trägt eine dunkelblaue Hose mit Bügelfalte.

Hilf mir mal, sagt er und Frankie steht auf und hilft ihm, ein weißes T-Shirt und einen weißen Rollkragenpulli aus Kaschmir anzuziehen.

Kleider machen Leute, hat mein Chef mir mal gesagt, aber Schuhe zeigen den Charakter, sagt Danilo.

Frankie betrachtet die spitz zulaufenden Stiefeletten aus weißem Schlangenleder, die Danilo anzuziehen versucht. Ihm steht der Schweiß auf der Stirn, als er es geschafft hat. Er stützt sich mit einer Hand an der Zimmerwand ab, um nicht umzufallen. Lange presst er die Augen zusammen und verzieht das Gesicht. In den Klamotten hab ich um Ellens Hand angehalten, sagt er und richtet sich wieder auf.

Die Sachen sind ihm ein, zwei Nummern zu groß jetzt. Frankie legt ihm die Augenklappe an. Er geht ins Badezimmer und betrachtet sich im Spiegel.

Als er aus dem Bad kommt, packt er Frankie am Ohr und drängt ihn in die Küche. Er drückt seinen Kopf so fest auf die Arbeitsplatte, dass ihm fast der Schädel platzt. Er kann sich nicht wehren, nur stillhalten und hoffen, dass Danilo gleich aufhört.

Wenn du noch einmal Ellen fickst, sagt er, wenn du noch einmal deine Petra betrügst und deine Familie im Stich lässt, dann tu ich dir so weh, das kannst du dir nicht vorstellen.

Danilo lässt Frankie los, der sich aufrichtet und den Mund öffnet und wieder schließt. Der vergehende Schmerz lässt eine Leere zurück in seinem Kopf. Er fühlt sich fast euphorisch.

Ich liebe sie immer noch mehr als mein eigenes Leben, sagt Danilo und Frankie atmet ein und aus und ist glücklich wie lange nicht, am Leben zu sein.

19

Ellen liest Danilos Karten nicht, die er ihr in den Entzug schickt. Sie legt sie in die Schublade vom Nachtkasten. Sie denkt an den langen Tag, der vor ihr liegt, an den noch längeren Abend, bis sie schlafen kann. Ein Tag nach dem anderen. Immer ein scheiß Tag nach dem anderen. Sie spürt das Feuer in der Nase vom Koks und Pep wie Phantomschmerzen. Als Danilo den ersten Sonntag zu Besuch kommt in die Suchtklinik im Allgäu, hat sie noch Kontaktsperre. Er darf nur die Karte am Empfang abgeben. Als sie ihn beobachtet, wie er über den Parkplatz zu seinem Wagen geht, werden die Insekten unter ihrer Haut lebhafter. Die Hoffnung darauf, dass er ihr vielleicht ein Tütchen in die Klinik geschmuggelt hat, leuchtet auf wie ein Licht in der Dunkelheit. Noch heute wacht sie nachts manchmal auf und spürt die Tierchen. Sie krabbeln nach einem bestimmten Muster. Das hat sie rausgefunden in den langen dunklen Stunden in der Klinik. Es müssen Ameisen sein, glaubt sie, die auf ihrer Suche nach Kokain und Amphetaminen in ihrem Körper rastlos ihre Bahnen ziehen. Sie stellt sich ihre Haut von innen durchzogen von lauter Ameisenstraßen vor. Den zweiten Sonntag darf Danilo auch nicht zu ihr. Wieder gibt er die Karte am Empfang ab. Währenddessen sitzt sie mit Annabelle im Aufenthaltsraum und raucht und jede von ihnen prahlt mit ihrer schlimmsten Absturzgeschichte. Dr. Henlein hat sie bereits ermahnt, das Thema zu wechseln, über Dinge zu sprechen, die nichts mit Drogen zu tun haben, wegen des »feuchten Klimas«, das erhöhe den Suchtdruck unnötig, sonst müsse man sie trennen. Als sie Danilo entdeckt, wie er den Parkplatz kreuzt auf dem Weg zu seinem Wagen, wird sie still und geht auf ihr Zimmer und weint, weil sie Frankie und mich vermisst mit einem Mal, und sie versucht am Abend an einem Computer auf dem Flur, der wegen einer Kindersicherung fast alle Seiten blockiert, Frankies Adresse herauszufinden, was ihr nicht gelingt. Vor dem Schlafengehen nimmt sie alle vierzehn Karten, die ihr Danilo geschickt oder vorbeigebracht hat, aus dem Nachtkasten. Auf den Karten stehen nur die Texte von Songs, zu denen sie in der Klappe getanzt hat … *What has changed me into something I don't know?* … Sie lacht zum ersten Mal seit … sie weiß nicht wann. Sie erinnert sich, wie sie sich verloren hat auf der Tanzfläche, was sie damals alles fühlen konnte, nüchtern … *No tears for the creatures of the night* … wo später kein Platz mehr war für nichts, weil da immer schon die Drogen saßen. Sie schläft in dieser Nacht ein mit der Vorfreude auf Danilos Karte … *Captain, there are doubts regarding your ability to lead them* … Sie antwortet Danilo nicht. Die ganzen sechs Monate nicht, die sie im Allgäu in der Klinik ist. Sie hebt jede seiner Karten auf. Sie hat sie heute noch, das gibt sie niemandem gegenüber zu. Sie hat ihn nie gefragt, wie er auf die Idee kam, ob ihm einfach nichts eingefallen ist, das er ihr hätte schreiben können … *Container love, the years have passed, the rainbow shows* … Samstagabend, und Ellen sitzt auf ihrem Bett und liest die Karten der Woche wieder und wieder und erinnert sich an jede ihrer Bewegungen, an den Geruch des Nebels aus der Nebelmaschine; an die Energie, die sie spürte, wenn sie sich nach vorn zur Tanzfläche drängelte, wo das Discolicht tobte … *When I'm out walking I strut my stuff* … Am dritten Sonntag ist Ellens Kontaktsperre aufgehoben. Sie erwartet Danilo am Empfang. Sie hat keine Schminke mit in die Klinik genommen, nichts Gescheites anzuziehen. Annabelle leiht ihr eine Bluse, die halbwegs passt zur grauen Jogginghose. Danilo bleibt lange vor ihr stehen und schweigt. Die Pickel und Mitesser, die aufgeblüht waren während der Entgiftung, sind fast wieder weg. Sie blickt an sich herab.

Und jetzt glitzerst du wie die Sonne auf dem Meer, sagt Danilo.

Du warst noch nie am Meer, sagt Ellen.

Muss ich jetzt nicht mehr, sagt Danilo.

Sie weiß, dass sie mit den Karten und den Besuchen am Sonntag zum ersten Mal in ihrem Leben eine Vereinbarung eingegangen ist, die sie nicht mehr lösen kann, vielleicht auch nicht lösen will. Sie gehen auf dem Hof im Kreis.

Ich hab heute Nacht von Ferry geträumt, sagt Ellen.

Und, war er gut? fragt Danilo.

Halt's Maul, sagt sie.

Tut mir leid, sagt er.

Er hat mir *Come on Eileen* vorgesungen, sagt sie und lacht. Wir waren auf einem Kanu auf der Brenz und haben Marlboro Lights Hunderter geraucht.

Die waren immer schwer zu klauen, sagt Danilo.

Weißt du, wo Frankie jetzt ist? fragt Ellen und am Eingang zur Klinik winkt Kai, ein Pfleger, mehr als eine Stunde Besuch darf sie noch nicht haben.

Der ist bestimmt nicht weit gekommen, sagt Danilo, wahrscheinlich sitzt er in Giengen im Adler oder in Sontheim oder in Gerstetten oder höchstens in Aalen oder Schwäbisch Gmünd.

Woher hast du das ganze Geld für so einen BMW? fragt Ellen.

Bonuszahlung, sagt er.

Verkaufst du? fragt sie.

Damit hab ich nichts mehr zu tun, sagt er.

Womit dann? fragt Ellen.

Nur noch mit Geld, sagt er, Geld, pures Geld, das niemandem wehtut.

Nachdem Danilo an diesem Sonntag gegangen ist, wäscht sie Annabelles Bluse und hängt sie zum Trocknen auf. Sie wartet, bis niemand im Raucherraum ist, um die Karte zu lesen, die Danilo ihr zugesteckt hat, bevor er in den Wagen gestiegen ist. Sie nimmt vier, fünf Züge von ihrer Zigarette hintereinander und inhaliert so tief, dass es wehtut in der Lunge. Sie gibt sich dem Schwindel hin und schließt die Augen, bis er vorbei ist … *There are things that I'd like to say but I'm never talking to you again* … Bei der Gesprächsgruppe am nächsten Morgen sitzt ihr Annabelle gegenüber, die nasse Haare hat. Dass sie gerade aus der Dusche kommt, sagt sie, deshalb auch die roten Augen. Sie lächelt, während sie das sagt, und knibbelt die Nagelhaut von ihrem Daumen. Während Ellen der Gruppe erzählt, wie sie früher getanzt hat, nüchtern, aber voller Leben, knibbelt Annabelle die Nagelhaut von ihrem anderen Daumen. Am Abend sieht Ellen vom Fenster des Raucherraums Annabelle mit ihrer Tasche über der Schulter im Licht der Laternen den Parkplatz der Klinik kreuzen und in einen Wagen steigen. Dass der Danilos BMW sehr ähnlich sieht, denkt sie. Der Fahrer steigt nicht aus. Aber sie glaubt sich zu erinnern, Annabelle gestern am Fenster gesehen zu haben, während sie mit Danilo im Hof spazieren gegangen ist. Ellen will das alles gar nicht glauben. Aber als die Rücklichter des Wagens in der Dunkelheit hinter dem Parkplatz verschwinden, ist sie sicher, dass Danilo eben hier war, um Annabelle abzuholen. Sie zündet sich die nächste Zigarette an und inhaliert vier, fünf Mal und lässt den Rauch drin, bis sie das Bewusstsein verliert für einen Augenblick und sich auf einen Stuhl setzen muss. Aber Danilos Karte kommt am Vormittag darauf mit der Post … *I've got a train driving through my head* … Im Raucherraum legt sie alle Karten auf einem Tisch aus und liest und übersetzt die Texte. So ein banaler Scheiß, denkt sie und fragt Kai, der auf dem Gang vorbeigeht, ob er wisse, mit wem Annabelle weggefahren sei gestern.

Die hat einfach gesagt, dass sie gehen will und gleich abgeholt wird, sagt Kai.

Hat sie Besuch gehabt Sonntag? fragt Ellen.

Der Bruder, glaub ich, sagt Kai.

Lüg mich nicht an, sagt Ellen.

Warum sollte ich? sagt Kai.

Vielleicht bezahlt dich Danilo dafür, sagt sie.

Ich kenne keinen Danilo, sagt Kai und verlässt den Raucherraum, in einer halben Stunde beginnt Ergotherapie, sagt er, ohne sich noch mal umzudrehen. Ellen stellt sich vor, wie Danilo die Karte geschrieben hat, während Annabelle neben ihm im Bett liegt, wie die beiden über sie gelacht haben, auf dem Nachttisch das Koks, wie sie stundenlang vögeln, bis die Sonne untergeht, während Ellen von einer Ergotherapeutin Tipps bekommt, wie sie es draußen schaffen kann, früh ins Bett zu gehen und einzuschlafen, um sich nachts nicht zu quälen mit dem Druck … *With your feet on the air and your head on the ground* … Ellen hat wieder alle Karten vor sich ausgebreitet. Sie ist jetzt sicher, dass sich die Handschrift verändert hat, dass die Karten von jemand anders geschrieben werden, seit Annabelle mit Danilo fort ist ... *Love, love will tear us apart, again* ... Sie raucht und wartet, bis Kai seinen Dienst antritt. Als sie seine quietschenden Schuhe auf dem Flur hört, setzt sie sich aufrecht hin. Kai grüßt sie mit einem Nicken und blickt sich im Raucherraum um.

Das ist deine Handschrift, sagt Ellen und zeigt auf die Karte von heute, die hast du doch geschrieben.

Kai betrachtet die Karten: Warum sollte ich das machen?

Weil Danilo dich dafür bezahlt, sagt sie.

Danilo Rabanser hat sich für morgen zum Besuch angemeldet, sagt Kai.

Wer's glaubt, sagt Ellen.

Vielleicht sprichst du mal mit Dr. Henlein, sagt Kai.

Vielleicht sprichst du nicht durch deinen Arsch die ganze Zeit, sagt Ellen.

Ich piep sie mal an, sagt Kai und verlässt den Raucherraum.

Ellen betrachtet die Karten vor sich. Sie inhaliert sieben, acht Mal und lässt den Rauch in der Lunge und genießt den Schwindel und die kurze Ohnmacht. Als sie die Augen öffnet, steht Kai mit einem Becher Wasser im Türrahmen.

Machst du das öfter? fragt er.

Rauch eine mit mir, sagt sie.

Kai blickt über seine Schulter in den leeren Flur. Er setzt sich zu Ellen an den Tisch und nimmt sich eine Zigarette, sie gibt ihm Feuer, sie sieht ihm in die Augen.

Hast du eine Freundin? fragt sie.

Nicht mehr, sagt Kai und stellt ihr den Becher mit Wasser und eine Pillenschale mit einer einzigen Tablette hin.

Willst du mit mir aufs Zimmer? fragt Ellen und schluckt die Tablette und trinkt nach.

Das hab ich nicht gehört, sagt Kai.

Du wirst es nicht bereuen, sagt Ellen und Kai steht auf, drückt seine Zigarette aus und geht. Sie legt den Kopf auf die Tischplatte und schließt die Augen. Später entdeckt sie im Spiegel, dass sich das Wort Love auf ihre Stirn abgedruckt hat. Sie hofft so sehr, dass Danilo sie morgen besuchen kommt, sie kriegt kaum noch Luft. Sie wäscht das spiegelverkehrte Love nicht von ihrer Stirn vor dem Schlafengehen. Ein Tag nach dem anderen, denkt sie in der Dunkelheit ihres Zimmers. Und als am Morgen Danilos BMW auf den Parkplatz rollt und ganz anders aussieht als der Wagen, in den Annabelle gestiegen ist, denkt sie kurz, dass Danilo heute ein anderes Auto fährt, um sie zu täuschen. Sie schüttelt den Kopf und läuft die Treppen hinunter zum Empfang.

Du verkaufst wirklich nicht mehr? fragt Ellen, während sie rauchend im Kreis gehen auf dem Hof.

Ich verkauf nichts und ich nehm nichts, sagt Danilo.

Versprochen? sagt Ellen und bleibt stehen und blickt ihm in die Augen.

Können wir hier zusammen rauskommen? fragt sie.

Mit Kaffee und Zigaretten, sagt Danilo, und türkischem Tee vielleicht noch.

Kaffee und Zigaretten, sagt Ellen, davon leben wir jetzt.

Nachdem Danilo gegangen ist, nimmt sie Annabelles Bluse, putzt damit ihr Klo und wirft sie weg. Danach setzt sie sich in den Raucherraum, inhaliert sechs, sieben Mal und behält den Rauch aber nur kurz drin. Dann liest sie

Danilos Karte. Durchs Fenster beobachtet sie Kai, der über den Parkplatz geht. Er hat Feierabend. Die Straßenlaternen schalten sich ein, als er in seinen Wagen steigen will. Er blickt sich irritiert um. Ellen lächelt … *I am a patient boy* … Sie denkt an Danilo. Sie denkt an mich. Sie denkt an Frankie. Sie denkt an ein Leben, das nur aus einzelnen Tagen besteht. Aus Kaffee und Zigaretten. Vielleicht aus Kindern. Sie denkt an Glück.

20

Ein Haus am Zanger Berg hab ich gehabt mit Ellen, sagt Danilo, mit Apfelbaum und Teich im Garten. Nebenan hat ein Manager vom Voith gewohnt.

Frankie dreht sich zu ihm um. Sie überqueren die Straße. Bei Ellens Mutter brennt Licht in der Wohnung. Danilo geht schneller und überholt Frankie, noch bevor der am Hauseingang ist.

Was ist aus dem Haus geworden? fragt er und Danilo hebt die Schultern und sagt: War nichts für uns.

Und drückt auf die Klingel.

Mama ist mit den Kindern raus, sagt Ellen.

Sie sieht Danilo nicht an, nur Frankie. Sie macht einen Schritt zur Seite und lässt beide ein, sie umarmt Frankie und gibt ihm einen Kuss auf die Wange.

Als ich aufgestanden bin und du weg warst, sagt sie, dachte ich …

Frankie antwortet etwas, das Danilo nicht verstehen kann.

Was dachtest du? fragt er.

Ellen beachtet ihn nicht. Sie streckt den Arm aus, macht eine Geste, dass er Abstand zu ihr halten, dass er weiter in den Raum gehen soll. Danilo stellt die rote Tasche mit dem Geld auf dem Wohnzimmertisch ab. Frankie geht auf den Balkon.

Du siehst aus wie ein Irrer, sagt sie.

Die Augenklappe war Frankies Idee, sagt Danilo.

Und seit wann bist du wieder drauf? fragt Ellen.

Muss dich nicht kümmern, sagt Danilo.

Für mich ist es auch egal, sagt sie, aber für die Kinder nicht.

Dreihundertfünfzigtausend, alles für euch, sagt Danilo und zeigt auf die Tasche auf dem Tisch.

Das wird mir doch wieder weggenommen, sagt Ellen, das ist doch kein richtiges Geld.

Schließfach, sagt Danilo, findet keiner, kann's dir keiner wegnehmen.

Du hast immer alles verloren, sagt sie, nie war was auf Dauer, nie konnten wir uns auf was verlassen.

Deswegen gebe ich es ja dir, sagt Danilo, das ist euer neues Leben.

Das ist doch nur Geld, sagt Ellen.

Du musst nur was draus machen, sagt Danilo.

Du hast kein einziges Versprechen gehalten, sagt Ellen.

Ich hab nie irgendwas versprochen, sagt Danilo.

Wir haben geheiratet, du Depp, da verspricht man automatisch was, sagt Ellen und beginnt zu lachen und Danilo muss die Fäuste ganz tief in den Taschen lassen und blickt zu Boden. Ellen tritt einen Schritt zurück. Sie sieht zu Frankie auf dem Balkon.

Gehen wir eine rauchen, sagt Danilo.

Ellen öffnet den Mund und schließt ihn wieder.

Warum? fragt sie.

Danilo denkt an seine Mädchen. An Franzi, die immer vorausgeht, an Ruby, die sich immer beschwert, an Julie, die einfach hinterhergeht. Er zeigt auf die Tasche mit dem Geld.

Du warst doch auf dem Gymnasium, sagt er, bring ihnen bei, so zu sein, wie man auf dem Gymnasium sein muss, dafür ist das Geld.

Ellen setzt sich auf die Lehne des Sofas.

Warum? fragt sie.

Die Balkontür klickt auf und Frankie tritt ein.

Deine Mutter kommt, sagt er und bläst noch ein letztes bisschen Rauch nach draußen, bevor er die Balkontür hinter sich schließt.

Ellens Mutter sagt: Ich geh zu Norma für Marmelade, und wenn ich zurück bin, ist der weg.

Sie ist vor der Wohnungstür stehen geblieben, die Mädchen laufen durch den Flur auf Danilo zu.

Paps hat uns gefunden, ruft Franzi.

Sie bleiben vor ihm stehen. Sie betrachten seine Augenklappe, seinen Arm, den er nicht richtig bewegen kann.

Du bist nicht unser Paps, sagt Ruby.

Doch, das ist unser Paps, sagt Franzi.

Ich will lieber Onkel Frankie als Paps, sagt Ruby.

Ich auch, sagt Julie.

Aber Onkel Frankie sieht komisch aus, sagt Franzi, und redet komisch.

Danilo lacht: Und er ist nicht so stark wie ich.

Er umfasst die Kinder mit beiden Armen und hebt sie hoch. Sie lachen. Nachdem er sie abgesetzt hat, schickt Ellen die Mädchen ins Zimmer. Sie verspricht ihnen ein Eis nachher. Eine Überraschung. Die Mädchen glauben ihr nicht. Dass sie das neulich auch schon erzählt hat, sagte Franzi, als Danilo sie gefunden hat beim Versteckspielen, und dann hat es gar nichts gegeben. Ellen lädt ihnen die Eiskönigin aufs iPad. Im Entenmarsch gehen sie in ihr Schlafzimmer. Franzi blickt kurz über ihre Schulter zurück zu ihrem Vater. Danilo hat Angst, dass es das letzte Mal sein könnte, dass er die Mädchen sieht.

Er schaut zu Frankie, der an der Balkontür steht: Keine Zigaretten mehr, oder warum hängst du hier rum?

Lass Frankie in Ruhe, sagt Ellen.

Der konnte sich immer ganz gut selber verteidigen, sagt Danilo.

Was machen wir jetzt? sagt Ellen.

Ich fahr Frankie jetzt nach Hause, sagt Danilo.

Vielleicht will er das selbst entscheiden, sagt Ellen.

Ich fahr mit dem Zug, sagt Frankie.

Wenn ich sage, ich fahr dich, dann fahr ich dich, sagt Danilo.

Wie willst du denn fahren mit deinem scheiß Arm, sagt Frankie.

Ich kann dir aufs Maul hauen, dann kann ich dich auch nach Stuttgart fahren, sagt Danilo.

Geh jetzt, sagt Ellen.

Tut mir leid, sagt Danilo.

Hau ab, sagt Ellen.

Fahr mich zum Bahnhof, sagt Frankie, und dann ist gut.

Du gehst doch jetzt nicht, sagt Ellen.

Ich geh jetzt, sagt Frankie.

Weil du Angst hast vor ihm? fragt Ellen.

Weil ich nach Hause will zu meiner Familie, sagt Frankie und Ellen öffnet den Mund und schließt ihn wieder.

Der Schlüssel dreht sich im Schloss der Wohnungstür.

Ich warte im Wagen unten, beeil dich, sagt Danilo und geht durch den Flur und vorbei am Kinderzimmer und vorbei an Ellens Mutter, die im Türrahmen steht und den Kopf schüttelt.

Als Danilo aus dem Haus tritt, sieht er die Streife. Sie

nähert sich im Schritttempo und bleibt stehen. Der Bulle auf dem Beifahrersitz spricht in den Funk. Danilo kreuzt die Straße, entriegelt die Türen seines Wagens und steigt ein. Er betrachtet die Streife im Rückspiegel und sprüht sich von dem Fentanyl-Spray in die Nase und atmet tief ein. Er startet den Wagen, fährt aus der Parkbucht und beschleunigt. Die Streife setzt sich hinter ihn.

21

Auf dem Übungsfeld hinter dem Jahnhaus wird ein Curveball satt und hart getroffen und fliegt und fliegt und wird unsichtbar vor dem Grau des Himmels, als die Streife Blaulicht und Martinshorn einschaltet und die Verfolgung aufnimmt. Frankie und Ellen stehen auf dem Balkon, der Klang der Sirene wird von der Steinheimer Straße herübergeweht.

Frankie spuckt vom Balkon und Ellen schaut der Spucke nach, wie sie unten auf den Rasen trifft.

War schön mit dir letzte Nacht, sagt Ellen und nimmt seine Hand.

Ja, sagt Frankie.

Du riechst gut, sagt Ellen.

Du auch, sagt Frankie.

Und jetzt haust du wieder ab wie damals, sagt Ellen und Frankie erinnert sich daran, wie er am Morgen des zweiten Tages seiner praktischen Gesellenprüfung entscheidet, dass er nach Stuttgart ziehen wird. Wie er in einer langen Tischreihe mit drei anderen Zahntechniker-Auszubildenden in der Berufsschule in Bad Cannstatt sitzt, die Kauflächen der Brücke von 32 bis 62 zu Ende modelliert, die sie vom Eckzahn bis zum ersten Backenzahn mit Kunststoff verblenden sollen. Er wird Danilo nichts davon sagen, und Ellen auch nicht, seiner Tante wird er einen Brief schreiben. Er will Elke und die kleine Schwester noch einmal besuchen. Dass ihn keiner vermissen wird, denkt er, als er die kleinen Wachskügelchen auf die zu verblendende Fläche streut, damit sich das Verblendmaterial an den Kügelchen festkrallen kann, hat er die Brücke in Metall gegossen. Er ist am Abend zuvor zwei Stunden durch die Gegend gelaufen, weil er nicht mit den anderen Nudeln mit Ratatouille kochen wollte in der Küche des Wohnheims, in dem sie übernachten während der Woche. Er hat behauptet, verabredet zu sein mit einem Freund aus der Stadt. Der Gedanke, mit jemandem aus Stuttgart befreundet zu sein, macht ihn stolz, während er einen Döner isst und ein Bier trinkt. Der Gedanke, selbst aus der Großstadt zu sein, hier ganz neu als jemand ganz Neues anzufangen, erfüllt ihn mit einer großen Befriedigung, als er sich ein zweites Bier zum Nachtisch holt. Vor dem Einschlafen hat er sich seine Wohnung vorgestellt – zwei Zimmer, drei Zimmer Altbau mit Wohnküche –, seinen Gang durch die Straßen, wie er einkauft, Straßenbahn fährt, wie er einer von hier ist. Er ist lange nicht mehr mit so einem guten Gefühl eingeschlafen, trotz des schnarchenden Kollegen im Bett unter ihm. Wie Ellen ihn in der Wohnung besuchen kommt, ist sein schönster Gedanke. Als er am nächsten Tag die Ränder der Brücke mit Randwachs nachzieht, kann er es kaum noch erwarten. Aber er kommt mit dem lichthärtenden Kunststoff für die Verblendungen nicht zurecht, weil die Temperaturen in dem Übungslabor niedriger sind, als er es gewohnt ist, und die Paste so zäh. Er versaut die Kauflächen der Brücke beim Ausarbeiten, weil das Übungsmetall zu weich ist. Sein Modellguss ist von feinen Blasen durchzogen und lässt sich nicht auf Hochglanz polieren. Er kommt nur auf einen Schnitt von 3,1. Das erste Mal in seinem Leben hat er sich wirklich angestrengt. Aber zu mehr hat es nicht gereicht.

Er hört seine Tante Cornelia husten, als er am Freitagabend nach Ende der praktischen Prüfung die Haustür aufschließt. Cornelia sitzt vor dem Fernseher, ihre Tochter schläft auf der Couch ausgestreckt mit dem Kopf auf ihrem Schoß. Cornelia steht vorsichtig auf und umarmt Frankie.

Glückwunsch, sagt sie und führt ihn in die Küche. Sie hat Sekt kalt gestellt. Sie lässt den Korken knallen und schenkt zwei Gläser ein. Sie stoßen an.

Auf deine Zukunft, sagt sie.

Hat sich Elke gemeldet? fragt Frankie und Cornelia schüttelt den Kopf: Die haben viel zu tun mit dem Ausbau der Schreinerei.

Frankie trinkt sein Glas leer und schenkt sich nach.

Du hättest Schreiner werden sollen, sagt Cornelia, dann hättest du den Laden übernehmen können irgendwann.

Der würde den Laden abbrennen vorher, sagt Frankie.

Ach komm, sagt Cornelia.

Nix, ach komm, sagt Frankie, nimmt die Flasche Sekt und steht auf und geht in sein Zimmer und denkt an Ellen. Er bleibt den Rest des Wochenendes zu Hause und wartet darauf, dass ihn jemand anruft, dass jemand vorbeikommt, um ihn zu fragen, wie die Prüfung war. Aber Danilo macht in Ellwangen die Tür für einen neuen Klub. Und Ellen ist mit irgendjemand, den sie kaum kennt, nach Frankfurt gefahren auf einen Rave und schläft nicht und trinkt nicht und ernährt sich allein vom Blitzen der Stroboskope. Den ersten Montag nach der Gesellenprüfung spendiert er seinen Kollegen zwei Laib Leberkäse und Kartoffelsalat und Wecken und Brezeln und Bier zum Vesper. Er behauptet, es hätte nicht besser laufen können, dass trotz des unedlen Metalls die Brücke wunderbar geworden, dass die Kunststoffverblendung sehr schön rausgekommen ist, dass der Prüfer die zierliche Platte seines Modelgusses gelobt hat, als er sie abgegeben hat. Und am Abend, als alle Kollegen Feierabend machen, geht er zu seinem Chef und sagt, dass er aufhört zum Einunddreißigsten nächste Woche, wenn sein Ausbildungsvertrag endet, und dass er sofort seinen Resturlaub nimmt für die Zeit bis dahin, die übrigen Tage schenkt er ihm. Er nimmt nichts mit aus dem Labor. Er zieht seine Jacke an und gibt seinem Chef die Hand und bedankt sich.

22

Anfang der dritten Klasse teilt uns die Lehrerin in die Förderstunde Lesen ein. Wir packen die Zettel in unsere Ranzen, die die Förderkinder für ihre Eltern mitbekommen, weil sie am nächsten Tag eine Stunde später aus der Schule kommen werden. Frankie gibt ihn am Mittag seiner Mutter. Elke nimmt den Zettel und sagt: Lies mal.

Frankie liest ihr einen Absatz aus dem Lesebuch vor.

Wie heißt deine Lehrerin noch mal? fragt Elke.

Frau Kaul, sagt Frankie.

Geht ja der Name, sagt Elke, ist die nett?

Geht so, sagt Frankie.

Ich muss mal im Horten anrufen, dass ich morgen später komme, sagt Elke.

Am nächsten Morgen legt Elke der Lehrerin die Ankündigung für den Förderunterricht aufs Pult.

Dass Frankie nicht an diesem Förderunterricht teilnehmen wird, sagt sie, dass er diesen Förderunterricht nicht braucht.

Frau Kaul hebt die Hände. Dass das kein Makel ist, am Förderunterricht teilzunehmen, sagt sie, sondern eine Hilfe.

Wenn Frankie Defizite hat, sagt Elke, teilen Sie mir dies bitte mit, dann kümmere ich mich darum.

Die Lehrerin hebt wieder die Hände: Wie Sie wollen.

Nach der vierten Stunde, als alle außer den Förderkindern gehen, bleibt Frankie in seiner Bank stehen. Langsam packt er seinen Schulranzen. Immer wieder sieht er zur Lehrerin hinüber, die an ihrem Pult Arbeitsblätter sortiert. Frankie ist unsicher, ob er gehen darf oder bleiben soll. Er wartet auf ein Zeichen von Frau Kaul. Aber die tut so, als bemerke sie ihn nicht.

Macht Frankie bei der Förderstunde jetzt mit oder nicht? frage ich aus der Bank hinter ihm.

Frau Kaul sieht auf und lächelt und schüttelt den Kopf: Was machst du denn noch hier, Frankie?

Frankie schultert seinen Schulranzen und verlässt das Klassenzimmer.

Seid ihr befreundet, Ferry? fragt Frau Kaul.

Wir wohnen beide Haus 2, sage ich.

Verstehe, sagt Frau Kaul, wer will zuerst vorlesen?

Gülen hebt die Hand.

In der ersten Klasse hat Frankie gar keine Freunde. In der zweiten spielt er öfter mit Jochen, dessen Mutter Elke von einem Kaffeekränzchen kennt. Jochen hat einen großen Sattelschlepper, einen Peterbilt, wie sie nur in Amerika fahren können, weil in Deutschland die Straßen zu schmal dafür sind. Jochen lässt Frankie nicht damit spielen. Jochen wirft gern Frankies Spielzeugautos durch das Zimmer. Wenn Frankie ihn bittet, damit aufzuhören, ruft Jochen nach Elke und sagt, dass Frankie ihn geschlagen hat. Einmal erzählt Jochen Frankie, dass er nachts in der Dunkelheit ans Bett seiner Mutter schleicht, wenn die schläft, und sich vorstellt, wie sie aufhört zu atmen und einfach stirbt. Und manchmal würde er ihr am liebsten ein Kissen aufs Gesicht drücken. Einmal tritt Jochen einem größeren Jungen in die Eier, als der auf dem Spielplatz von der Schaukel springt, stolpert und mit gespreizten Beinen lachend im Sand liegen bleibt. Einfach so. Frankie glaubt, Jochen tritt den Jungen, weil er Spaß hat, weil er lacht, als hätte er keine Sorge. Frankie sagt Jochen irgendwann, dass er nicht mehr mit ihm spielen will.

Mich willst du nicht zum Feind, sagt Jochen, du und meine Mutter, euch bring ich noch um.

Jochens Mutter spricht nicht mehr mit Frankies Mutter, später kommt sie gar nicht mehr zu den Kaffeekränzchen und Jochen kommt nicht mehr zur Schule. Dass sie nach Gundremmingen zu einem Mann gezogen sind, den Jochens Mutter über eine Annonce kennengelernt hat, erzählen die Frauen auf einem Kaffeekränzchen, dass sie jetzt in fünf Jahren mit ihrem Sohn vier Mal in eine andere Stadt gezogen ist, und jedes Mal wegen einem Mann.

Frankie und ich gehen einmal zufällig nach dem Unterricht gemeinsam nach Hause. Wir sprechen nicht viel. Wir kicken Steine und Dosen. Wir zerdrücken ein paar Ameisen, die um eine Ed-von-Schleck-Verpackung herumwuseln, die neben einem Mülleimer liegt und aus der etwas Eis herausläuft. Als Frankie auf seiner Etage aus dem Lift steigt, sage ich: Ich hab ein Feuerzeug. Nach dem Mittagessen wollte ich große Steine umdrehen und die Asseln da drunter verbrennen.

Wir können uns um zwei auf dem Spielplatz treffen, sagt Frankie und ich nicke.

Wir verbringen den ganzen Nachmittag damit, Dinge anzuzünden, lebende und tote. Ich bin großzügig mit meinem Feuerzeug. Immer abwechselnd darf jeder etwas anzünden. Wir zünden Asseln an, die sich beim ersten Kontakt mit dem Feuer zu einem Ball zusammenrollen und liegen bleiben und schwarz werden. Eine Zeitung in dem Mülleimer neben der Bank am Spielplatz, der grauschwarze Qualm quillt in dicken Schwaden aus dem Eimer und verweht am Klettergerüst und in der Flucht zwischen Haus 1 und Haus 2. Wir versuchen lange, einen Stapel Sperrmüll anzuzünden, was uns nicht gelingt, die Spanplatte glimmt nur kurz. Die Federn einer toten Taube am Rande eines der Verbindungswege der Schrebergartensiedlung hinauf zum Schlossberg schrumpeln zusammen, der dünne, weiße Rauch stinkt, ihr Fleisch schmort ein wenig, aber dem Feuerzeug geht das Gas aus. Frankie und ich haben beide eine Blase am rechten Daumen, als wir im Abendlicht auf unserem Rückweg in die Schatten der Wohnblocks eintauchen. Der gelungene Tag macht uns leicht und frei.

Frankie sieht uns nach. Ellen und ich gehen die Wilhelmstraße runter. Im Schein einer Laterne hält Ellen mich fest. Sie lehnt sich an den Laternenmast und zieht mich zu sich, sie küsst mich in dem Wissen, dass Frankie uns beobachtet. Wir küssen uns lange, weich und sanft ist ihre Zunge in meinem Mund. Sie schmeckt nach Kaugummi, Zigaretten und Rum-Cola. Sie spielt ein Spiel, sie denkt, das weiß nur sie. Mir ist es in dem Moment egal. Als wir endlich weitergehen, sieht Frankie uns nach, wie wir die vierspurige Straße überqueren Richtung Siedlung. Die Scheinwerfer eines Lkw leuchten weit entfernt in der Dunkelheit, dann sind wir weg. Frankie hat kein Geld mehr, um zu trinken, nur noch drei Zigaretten. Nach Hause kann er nicht, da würde er durchdrehen. Er brennt sich seine drittletzte Zigarette an und geht in Richtung Stadt. Aber die Stadt ist leer, dunkel. Nichts los, keine Ablenkung, wenn man keine Freunde mehr hat. Irgendwo dreht der Motor eines Sportwagens hoch, das Knallen der Fehlzündungen verhallt in der Sommernacht, das Lachen einer Gruppe. Frankie schaut durch die in Quadrate unterteilte Glastür des König-Wilhelm. Die gewölbten Scheiben verzerren seinen Blick. Er kann niemanden erkennen. Der Sohn der Wirtin, der hinter dem Tresen ein Weizenglas abtrocknet, zeigt ihm den Mittelfinger. Frankie spuckt gegen die Scheibe und geht. Im Wedelgraben sieht er den Sportwagen. Ein Mercedes. Frankie kennt sich nicht aus. Spoiler überall. Ganz tief liegt das Auto. Strahlend weiß. Schön sieht es aus. Teuer. Zwei Frauen und drei Männer stehen um den Wagen herum. Sie trinken reihum aus einer großen, dunkelgrünen Flasche. Die Männer tragen Anzüge, die Frauen glitzernde, kurze Kleider. Frankie braucht eine Weile, um zu erkennen, dass einer der Männer Danilo ist. Die große, grüne Flasche verschwindet mit den beiden Frauen auf der Rückbank. Ihre Kleider rutschen ihre cremigen Schenkel hoch, als sie durch die schmale Lücke klettern, die der vorgeklappte Fahrersitz geöffnet hat, und Danilo sagt: Nach Aalen darf ich jetzt aber fahren, René.

Ja klar, sagt René und hält den Wagenschlüssel hoch. Kurz bevor Danilo den Schlüssel nehmen kann, wirft er ihn dem anderen zu, der ihn aus der Luft fängt. Danilo lacht.

Komm jetzt, gib her, sagt er und streckt die Hand aus.

Wirf, Marc, sagt René, als Danilo nach dem Schlüssel greift. Marc wirft, Danilo fasst ins Leere. Die Frauen auf der Rückbank lachen. Marc und René werfen sich den Schlüssel zu und Danilo versucht, ihn zu bekommen wie ein Schuljunge, dem die großen Jungs einen Turnschuh weggenommen haben. Frankie fragt sich, wann Danilo denen endlich aufs Maul haut. Aber er läuft zwischen

René und Marc, die sich den Schlüssel zuwerfen, hin und her.

Du hast es versprochen, René, sagt er nach einer Weile und lehnt sich an den Mercedes. Sein Kopf ist rot. Er atmet schwer.

Ich hab's mir aber anders überlegt, sagt René, Marc fährt.

Was soll der Scheiß, sagt Danilo.

Du kannst entweder zu den Mädels auf die Rückbank krabbeln, sagt René, oder halt nicht und hierbleiben und in die Kümmeldisco gehen.

Danilo wischt sich den Schweiß von der Stirn. Als er sich umdreht, um einzusteigen, sieht er Frankie. Frankie lächelt und winkt. Danilo senkt den Blick auf das Wagendach, sieht noch einmal zu Frankie, beißt sich auf die Unterlippe und klettert dann auf die Rückbank. Marc klappt den Fahrersitz zurück und setzt sich. Er startet den Wagen. Das tiefe Grollen des Motors spürt Frankie im Magen, als der Wagen an ihm vorbeifährt. Frankie schüttelt den Kopf. Der große, starke Danilo. Er muss lachen. Die Bremslichter des Mercedes leuchten auf, bevor er um die Ecke biegt, dann ist nur noch der Motor zu hören.

23

Der Motor geht einfach aus. Der Drehzahlmesser fällt auf null zurück, der Tacho zeigt noch hundertvierzig km/h. Danilo muss lachen. Im Rückspiegel wird der Streifenwagen größer. Er tritt auf die Bremse. Die Streife füllt den ganzen Rückspiegel aus und rammt den BMW am Heck, der in der Linkskurve von der Straße abkommt. Danilo hält das Lenkrad fest. Und der Aufprall löscht alles aus. Seine Mutter deckt ihr dunkles, schweres Haar zum Putzen und Kochen und Rausgehen mit einem im Nacken zusammengebundenen Tuch ab, was sie wie eine alte Frau aussehen lässt. Am Abend aber, wenn sie abgespült hat, den Tisch und die Küche gewischt, dann löst sie den Knoten des Tuchs und ihre Haare fallen ihr über die Schulter bis weit in den Rücken und ein süßer, schwerer Geruch breitet sich in dem kleinen Wohnzimmer aus. Sein Vater sieht vom Fernseher auf und sagt: Rapunzel, lass dein Haar herunter, und die Mutter wirft das Tuch nach ihm, das er auffängt und sich vor die Nase hält und tief einatmet. Pamela hat das gleiche Haar wie die Mutter. Aber es ist fettig, nicht schwer und süß. Pamela hat aufgehört, sich zu waschen. Sie wechselt ihre Kleider höchstens ein Mal die Woche, sie schläft auch in ihnen. Niemand weiß, warum. Niemand fragt sie, warum. Niemand interessiert sich wirklich dafür. Immer ist jemand im Bad. Immer ist jemand im Kinderzimmer. Immer ist überall einer. Pamela lässt sich die strähnigen Haare vors Gesicht fallen und schaltet ab. Jeden Freitag bringt Danilos Vater ein Puzzle nach Hause. Tausend Teile, zweitausend Teile. Er hat eine MDF-Platte für den Couchtisch besorgt, die groß genug ist für die Puzzles, damit sie sie wegtragen können, gibt es Abendbrot. Danilo und Pamela und die Brüder helfen, die Teile zu drehen, dass das Bild nach oben zeigt. Der Vater stopft mit einer Maschine Tabak in Filterhülsen und trinkt Instantkaffee und sieht ihnen durch seine dicke Brille zu. Er lächelt, wenn sie alle Teile umgedreht haben. Danilos Vater träumt von einem Hobbykeller, wo er alle Puzzles auf Karton kleben kann und aufbewahren wie Medaillen. Sie puzzeln, während der Abendfilm beginnt und der Rauch der Zigaretten vom Vater und von der Mutter durchs Wohnzimmer zieht. Danilo darf helfen, Pamela darf helfen und Marco. Rico ist noch zu klein und sieht fern oder spielt mit den Matchboxautos, mit denen Danilo und Marco schon gespielt haben, die voller Macken sind, denen Räder fehlen. Marcel ist noch im Bauch der Mutter, sie trägt ihn vor sich her wie einen Pokal. Die ganze Woche brauchen sie für das Puzzle. Danilo fühlt ein ruhiges Glück dabei, das Fernsehprogramm im Hintergrund, das befriedigende Geräusch, wenn zwei Puzzleteile ineinanderpassen. Der Geruch nach Tabak und kaltem Kaffee. Eine Sirene ist jetzt ganz nah. Er öffnet das Auge ein wenig. Der Notarzt leuchtet ihm durch die Seitenscheibe mit einer Taschenlampe ins Gesicht.

Bleiben Sie ganz ruhig, ruft der Notarzt, wir holen Sie hier gleich raus.

Danilos Telefon beginnt die Melodie von Der Pate zu spielen. Vrancic verlangt von allen seinen Leuten, ihr Telefon so einzustellen, dass es die Titelmelodie von Der Pate spielt, wenn er sie anruft. Danilo summt die Melodie im Kopf weiter, nachdem das Telefon still geworden ist. Er hat keine Angst mehr vor Vrancic. Eines Tages hat er sie einfach verloren. Eines Tages hat er angefangen, ihn zu bescheißen um das Geld für die Kinder. Er muss daran denken, wie Vrancic ihn an den Schultern fasst und zur Begrüßung links und rechts auf die Wange küsst, dabei muss er sich auf die Zehenspitzen stellen. Das liebe, runde Gesicht eines Kindes hat er und weiche Haut. Das Bild sieht er genau vor sich. Er weiß nicht mehr, warum er Angst vor ihm hatte. Er war immer nett, hat immer gegeben, von Herzen, wie ein Vater. Aber alle haben Angst vor Vrancic. Vielleicht weiß keiner, warum. Er wollte nie jemanden fragen. Danilo spürt die frische Luft kalt und klar am ganzen Körper. Die Feuerwehr hat die Tür aufgehebelt. Mit Daumen und Zeigefinger öffnet der Notarzt Danilos Augenlider und leuchtet mit der Lampe ins Auge. Er sagt irgendetwas, das Danilo nicht versteht. Ihm ist kalt. Seine Beine oder sein Bauch tun ihm weh. Alles ist nass irgendwie. Der Notarzt legt ihm etwas um den Hals, das seinen Kopf, seinen Hals fixiert.

Sind Sie da? fragt der Notarzt, können Sie mich hören?

Danilo will nicken, kann aber nicht wegen der Halskrause. Er öffnet den Mund, um etwas zu sagen, aber sein Mund ist trocken, die Zunge wie eingebacken.

Wir heben Sie jetzt aus dem Wagen auf eine Trage, sagt der Notarzt, nicht erschrecken.

Danilo erschrickt nicht. Es tut gar nicht mehr weh.

Du bist noch nicht reif, flüstere ich ihm zu, hab keine Angst.

Aber es tut nicht mehr weh, sagt Danilo, wenn es nicht mehr wehtut, ist es vorbei.

Glaubst du Bruce Willis mehr als mir? flüstere ich. Die Ärzte erzählen dir, dass es nicht wehtut, wenn deine Organe versagen, wenn die Nieren den Geist aufgeben, dass der Körper dich leise rüberschickt ins Licht. Aber ich sage dir, wenn ich noch hätte schreien können, die zwanzig, dreißig Sekunden, als meine Nieren, meine Leber, meine Milz den Dienst eingestellt haben, bis es ganz vorbei war, ich hätte so laut geschrien, im Schlampazius in Stuttgart wären sie vom Barhocker gefallen.

Danilo lacht.

Bleiben Sie bei uns, sagt der Notarzt, Sie bekommen gleich was gegen die Schmerzen.

Die fahren dich jetzt schön ins Krankenhaus, sage ich, Frankie und Ellen und die Kinder hören dann deine Sirene. Die Mädchen sind in ihrem Zimmer. Ihr Film läuft noch. Die Eiskönigin lernt gerade, dass sie nur mit Liebe und Vertrauen ihre Kräfte beherrschen kann. Und Frankies Halbschwester steht wegen dir im Stau und regt sich fürchterlich auf. Die kommt zu spät zum Mittagessen. Was gibt es Wichtigeres?

Danilo spürt Wind auf seinem Gesicht. Er wird in den Rettungswagen geladen. Und der Vater kann ihm nicht verzeihen. Er hat ihm Arbeit besorgt, als Danilo aufhört, zur Schule zu gehen, beim Ploucquet, wo er selber Hilfsarbeiter ist im Lager. Aber Danilo knackt in der ersten Woche den Bierautomaten im Aufenthaltsraum und bestiehlt einen Kollegen. Sein Vater blickt ihn am Abend durch seine dicke Brille an und schüttelt den Kopf. Die Brüder stehen im Türrahmen und sehen zu, wie Danilo sich eine von den selbst gestopften Zigaretten seines Vaters nimmt und sie anbrennt und geht. Er will seinem Vater noch sagen, dass er nicht anders kann, dass es wie ein Zwang ist, dass er nicht die Geduld hat, um acht Stunden in der Fabrik zu stehen für nichts. Und der Notarzt sagt etwas, und berührt Danilo am Arm. In dieser Nacht damals mit René und Marc und den beiden Frauen, deren Namen er längst vergessen hat, und dem schönen, weißen Mercedes SLK. Auf der Rückbank, als Marc ans Steuer darf und nicht er, als sie aus Heidenheim herausfahren und durch Schnaitheim rollen, langsam, ganz langsam, der Motor wie ein Raubtier zum Sprung bereit. Frankies Grinsen hat er seitdem nicht vergessen. Er versteht selbst nicht, warum er ihnen einfach nicht aufs Maul gehauen hat und gegangen ist. Auf der Rückbank, die prallen Schenkel der schönen Mädels, die er anfassen will, als sie endlich durch Aufhausen sind und Marc beschleunigt. Dass er Marc und René so oft verprügeln kann, wie er will, er bleibt immer der Verlierer, was sie haben, kann er ihnen nicht wegnehmen, das weiß er, als sie über die B19 fliegen, die Wälder und Felder links und rechts nur eine Ahnung in der Nacht. Marc und René sitzen vorne, rauchen und lachen über irgendetwas, während die Sommernacht durch die heruntergelassenen Scheiben nach hinten bläst. Auf der Rückbank zu rauchen erlaubt René nicht, da gibt es keinen Aschbecher. Wie er zwischen René und Marc hin- und herrennt und versucht, den Schlüssel für den Mercedes zu fassen zu bekommen. Und Frankie grinst. Als sie René zufällig treffen Jahre später in der Stadt, Franziska liegt im Kinderwagen und schläft.

Ach der, sagt Ellen, nachdem er sich von ihnen verabschiedet hat, der mit dem Mercedes und dem Schlüssel, Frankie hat mir von dem erzählt.

24

Meine Mutter ist glücklich. Sie heiratet einen Mann, den sie über eine Anzeige kennengelernt hat. Einen Witwer mit drei erwachsenen Kindern, die jetzt selber acht Kinder haben, die meine Mutter Oma nennen. Sie wohnt in Bad Schachen am Bodensee. Von ihrem Balkon blickt sie aufs Wasser. Manchmal hält sie sich am Geländer fest und atmet ein und aus. Mit mir und meinem Vater hatte sie damals einen Tagesausflug nach Lindau gemacht, wir haben die Fähre auf die Insel Mainau genommen. Ich saß im Kinderwagen und meine Eltern haben die Blumen fotografiert. Meine Mutter lässt das Geländer los und geht wieder nach drinnen. Hin und wieder hat sie unvermittelt meinen Geruch in der Nase. Meistens ist es dann aber nur mein leeres Zimmer, das sie vor Augen hat. Keine Erinnerung an mich. Nur an das Ende unserer Zukunft. Als sie irgendwann wirklich versteht, ich komme nie wieder nach Hause zurück. Die Enkelkinder meiner Mutter heißen Paul, Katharina, Louis, Oskar, Fritz, Paula, Smilla und Greta. Meine Mutter macht das beste Wiener Schnitzel und den besten Kartoffelsalat, da sind sich die drei Kinder ihres Mannes und die Enkelkinder einig. Frankie würde mir nicht glauben, wenn ich ihm erzählen könnte, wie meine Mutter jetzt lebt. Danilo interessiert es nicht. Ellen kann sich an meine Mutter nicht erinnern. Nur Frankie weiß, wie ich ihr jeden Tag mein Hausaufgabenheft vorlegen musste als Erstes, wenn ich von der Schule nach Hause komme. Sie steht hinter mir, während ich am Küchentisch sitze und die Aufgaben mache. Sie fängt an, mich abends in der Wohnung einzuschließen, als mein Lehrer anruft wegen der unentschuldigten Fehlzeiten. Sie kauft mir neue Fußballschuhe, schickt mich zum HSB zum Training. Sie meldet mich an der weiterführenden Berufsschule an für die Mittlere Reife. Da bin ich keinen einzigen Tag. Sie hört auf zu rauchen, um keine Zigaretten mehr im Haus zu haben, die ich stehlen könnte. Taschengeld bekomm ich schon ewig keines mehr. Aber mittlerweile klauen Danilo und ich Zigaretten in allen Supermärkten der Umgebung und verkaufen sie weiter. Niemand erwischt uns je. Wir rauchen, bis uns die Lungen brennen, wenn wir warten, dass Frankie von der Arbeit kommt. Wir rechnen ihm vor, dass er ungefähr zwei Mark die Stunde verdient, während die Sonne hinter dem Jugendhaus untergeht und irgendjemand Danilos Namen ruft von weit entfernt.

Der Lohn in der Lehre ist so niedrig, sagt Frankie und nimmt eine Zigarette aus meiner Schachtel, weil man später richtig viel verdient als Zahntechniker.

Er blickt die Fußgängerzone runter. Die Geschäfte sind dunkel, verriegelt. Danilo und ich lachen und Frankie brennt seine Zigarette an und Danilo zählt die Geldscheine, die er in einer Rolle in der Hosentasche hat, und sagt uns nicht, wie viel es ist. In der Nacht weht der Wind den Duft des Holunders durch die Siedlung, der in den Schrebergärten am Fuß des Schlossbergs wächst. Hinter den Fenstern erlöschen die Lichter, eines nach dem anderen. Ellen kickt einen platten Fußball über den kleinen Bolzplatz. Von einem Tor zum anderen, hin und her, immer wieder.

Lasst uns wegfahren, sagt sie, Ungarn, da ist es billig und warm.

Warm ist es hier auch, sagt Danilo.

Ich war noch nie im Urlaub, sagt Ellen und gibt dem Ball einen Tritt, dass er ein paar Meter eiert und dann liegen bleibt. Sie hebt die Hände und jemand aus Haus 4 schnippt eine Zigarette von seinem Balkon. Orange Funken verlieren sich im Nachthimmel. Wir schweigen und warten, bis alle Träume vorbei sind.

Danilo sagt, dass sein Vater morgen den Onkel zur Kur nach Donauwörth fährt mit dessen Ascona Kombi, dass der Wagen dann hier in der Siedlung steht, dass Danilo dann ganz einfach an den Schlüssel kommt. Ich denke an die neuen Computer, die wir vergangenes Jahr an unserem letzten Schultag die Treppen hoch in den dritten Stock getragen und ausgepackt haben. Ich denke an das Fenster im Erdgeschoss der Schule, das sich nicht mehr richtig schließen lässt und das ganz leicht von außen aufzudrücken ist. Und Frankie weiß von Georg, der immer alles weiß, dass die Tschechen alles kaufen, an dem ein Stromkabel befestigt ist. Mit dem Auto ist man in drei Stunden drüben. Und wir brennen uns Zigaretten an und warten auf Ellen und die sagt: Ich war noch nie im Ausland.

Freitagabend nimmt Danilo den Schlüssel zu dem Opel Ascona aus der Schublade im Flur, als sein Vater eintausend Puzzleteile auf dem Wohnzimmertisch auskippt. Er hat keinen Führerschein. Er ist nur ein Mal zuvor gefahren. Ein Mal im Kreis um die Siedlung. Aber er startet den Wagen ohne Probleme. Ellen lächelt ihn vom Beifahrersitz an, und bis sie auf den hinteren Parkplatz der Schule gefahren sind, haben Frankie und ich die Computer und Monitore und Tastaturen nach unten ins Erdgeschoss getragen.

Und auf der Autobahn atmen wir wie nie zuvor. Unsere Zigaretten sind in drei, vier Zügen aufgeraucht, der Fahrtwind bläst durch die heruntergekurbelten Fenster und lässt Funken fliegen aus der Glut unserer Kippen. Wir feuern uns an und schmieden Pläne für morgen Abend, wenn wir zurück sind, bis fünfzig Kilometer vor Rudolphstein die Lichter des Opels erlöschen, der Motor ausgeht und der Wagen langsam auf dem Seitenstreifen ausrollt. Wir schweigen. Der Ascona schwankt ein wenig von der Druckwelle eines vorbeifahrenden Lkw, dessen Rücklichter sich im dunklen Blau des beginnenden Tages verlieren. Das Klacken der Warnblinkanlage im Takt unserer Herzen. Danilo dreht den Zündschlüssel. Nichts.

Die schmeißen mich raus, wenn ich verknackt werde, sagt Frankie.

Ihr drei könnt alle abhauen, sagt Danilo, ich war das ganz allein.

In zwei Wochen wäre die Probezeit rum, sagt Frankie.

Wird nicht so weit sein querfeldein zum nächsten Ort, sagt Ellen.

Ihr geht alle, ich bleibe beim Wagen, sagt Danilo und Frankie öffnet seine Tür. Ellen bleibt sitzen und brennt sich eine an. Ich bleibe sitzen und brenne mir eine an.

Das war doch ein Wunder, dass die mich eingestellt haben, sagt Frankie.

Ich ruf dich an, sagt Ellen.

Frankie hält sich an der Tür fest.

Geh schon, sagt Danilo und dreht immer wieder den Zündschlüssel im Schloss. Frankie schließt die Tür und springt über die Leitplanke, als ein Transporter den Blinker setzt und vor uns auf der Standspur zum Stehen kommt. Frankie geht durchs hohe Gras der Wiese davon und verschwindet im Gebüsch eines angrenzenden Waldes. Die Sonne geht auf. Wir müssen die Augen schließen, so hell beginnt der Tag.

25

Danilo hatte einen Unfall, sagt Ellen, nimmt ihre Zigaretten vom Tisch und zeigt zur Balkontür, nachdem sie das Telefon zurück auf die Station gelegt hat. Die Kinder sitzen in der Küche und essen mit Ellens Mutter zu Mittag. Die Sonne scheint. Es ist kalt.

Er wird gerade operiert, sagt Ellen und Frankie gibt ihr Feuer.

Ein paar Brüche, sagt sie, Schleudertrauma, Organe und Kopf sind in Ordnung. Soweit der Kopf von dem in Ordnung sein kann.

Gehst du zu ihm? fragt Frankie und Ellen schüttelt den Kopf.

Und die Kinder? fragt Frankie.

Du gehst, sagt sie, tu mir den Gefallen.

Unten auf dem Gehweg kämpft sich ein Mann mit Rollator vorwärts.

Der wollte was von meiner Tante damals, sagt Frankie.

Welche Tante? fragt Ellen.

Nicht so wichtig, sagt Frankie.

Besuchst du deine Mutter? fragt sie, wenn du schon hier bist?

Dass der Typ schon so alt ist, sagt Frankie und schüttelt den Kopf.

Wie alt ist deine Schwester jetzt? fragt Ellen.

Sie hat letztes Jahr oder vielleicht vorletztes Jahr einen

Audi TT zum Geburtstag bekommen, sagt Frankie und beobachtet den Mann mit dem Rollator, wie er um die Ecke wackelt und verschwindet. Er erinnert sich nicht mehr an seinen Namen. Drinnen jubeln die Kinder, weil sie Nachtisch bekommen.

Fahr nicht, sagt Ellen.

Ich muss, sagt Frankie.

Fahr morgen, sagt Ellen.

Ich muss, sagt Frankie.

Wir gehen heute Abend in die Stadt, sagt Ellen, nur wir beide, wie früher.

Nur wir beide sind früher nie in die Stadt gegangen, sagt Frankie.

Aber dafür heute, sagt Ellen und wirft einen Blick durch das Fenster ins Wohnzimmer, bevor sie ihn küsst.

Ich muss Petra anrufen, sagt Frankie.

Ruf sie morgen an, sagt Ellen, was willst du ihr denn jetzt sagen?

Frankie hebt die Schultern.

Was machst du mit dem Geld? fragt er.

Ich hab's unterm Bett erst mal, sagt sie.

Sie öffnet die Balkontür und geht nach drinnen.

Wollt ihr nicht mit Oma auf den Spielplatz gehen? hört er sie rufen.

Der Wirt im König-Wilhelm hat ein blaues Auge, ein paar Schrammen im Gesicht. Zwei Fenster sind mit MDF-Platten zugenagelt. Der Wirt sieht Frankie und Ellen lange an, als sie durch die Tür kommen und sich auf die einzigen beiden Hocker am Tresen setzen. Es zieht. Die Tür schließt nicht mehr richtig.

Der Martin nicht da? fragt Ellen.

Neue Bewirtschaftung, sagt der Wirt.

Bacardi-Cola bitte, sagt Ellen und hebt zwei Finger.

Der Wirt schenkt den beiden Rum und Cola ein. Sie trinken schnell und rauchen. Sie bestellen die nächste Runde.

Was war dein größter Traum, dein größter Wunsch im Leben, bevor Silvester geboren wurde, fragt Ellen, außer sich unsichtbar machen oder fliegen können oder so einem Scheiß, etwas, das hätte sein können.

Pfft, sagt Frankie und grinst, das weiß ich nicht mehr.

Das glaub ich dir nicht, sagt Ellen, das weißt du, ich erzähl dir auch meinen.

Dann erzähl, sagt Frankie.

Ich hab zuerst gefragt, sagt Ellen.

Frankie brennt sich eine an und trinkt sein Glas aus und bestellt noch eine Runde Rum mit Cola.

Kurz nachdem ich hier weggegangen bin, sagt er, hab ich mir gewünscht, ich hab mir immer vorgestellt vorm Einschlafen, ich wäre zur Fremdenlegion gegangen, ich hab da ein Buch drüber gelesen damals.

Ellen lacht und streicht ihm über den Arm.

Lass gut sein, sagt Frankie. Er spürt, dass er rot wird. Er blickt auf den Boden. Er wischt sich mit der Hand übers Gesicht.

Tut mir leid, sagt Ellen, so war das nicht gemeint.

Sie beugt sich vor und gibt ihm einen langen Kuss.

Dass ich nicht nach Bad Cannstatt gezogen bin, sagt Frankie, sondern den Zug nach Straßburg genommen und da das Rekrutierungsbüro betreten und meine Seele verkauft habe, wie es in dem Buch stand. Das hab ich mir immer vor dem Einschlafen vorgestellt. Ich bin in der Grundausbildung durch ein Feuer gegangen, in dem aus Buben Männer geschmiedet werden. Ich bin hart geworden. Ich schwitze in der Sonne Nigerias, weiche auf in den Sümpfen Indochinas, blicke in das Herz der Finsternis auf den staubigen Straßen Bagdads. All das ertrage ich schweigsam, stolz. Mein Körper wird zu einem Tempel, aus dem der Gott des Krieges spricht. Als ich nach zehn Jahren meinen Vertrag nicht ein zweites Mal verlängere, versucht mein Vorgesetzter alles, um mich umzustimmen. So gut bin ich. Aber ich lasse mir den französischen Pass aushändigen, der mir zusteht nach Ablauf der Dienstzeit, und kehre zurück Paradies und Römer. Natürlich erkennen mich alle wieder, ihr erkennt mich wieder, in der Geschichte lebt Ferry natürlich noch. Aber wie ich aussehe, wie ich gehe, wie ich tätowiert bin, das alles zeigt, was ich ertragen habe, zu was ich fähig bin. Das ist ein ganz anderer Frankie als der, den wir kannten, denkt ihr, das ist keiner, der seine Freunde im Stich lässt wegen einer Lehrstelle, dass ist keiner, der wegrennt. Und ihr bewundert mich alle. Und du …

Frankie schweigt und brennt sich eine an und nimmt einen großen Schluck. Ellen lächelt. Sie beugt sich vor, um ihn zu küssen, da öffnet sich die Tür vom König-Wilhelm und Hussein tritt ein. Er blickt in den Raum und blinzelt. Ein Pflaster klebt auf seiner Nase.

Hussein, ruft Ellen, springt auf, läuft zu ihm und umarmt ihn. Sie umarmen sich lange. Dann nimmt ihn Ellen an der Hand und führt ihn zum Tresen.

In welchem Loch hast du dich versteckt? sagt Hussein und Frankie hebt die Schultern und lässt sie wieder fallen.

Gut siehst du aus, sagt Ellen.

Fünf Jahre clean, sagt er, die besten meines Lebens.

Der Wirt stellt ihm ein Glas Orangensaft auf den Tresen und dreht die Musik lauter. Sie stehen nah beieinander und lachen. Frankie bestellt noch zwei Rum-Cola. Der Wirt lächelt. Hussein nimmt den Blick nicht von Ellen, die mit ihrem Ohrläppchen spielt, sich die Haare aus der Stirn streicht. Sie sprechen über ein Fahrrad, dem der Lenker und der Sattel und das Vorderrad fehlen. Frankie raucht die letzte Zigarette aus der Packung und geht aufs Klo. Er pinkelt und kauft neue Zigaretten. Er weiß, dass sie sich küssen, wenn er zurückkommt, dass Ellen ihm den Schlüssel zur Wohnung ihrer Mutter geben wird und sagen, dass sie mit zu Hussein geht, dass er sich keine Sorgen machen soll, dass sie bald zu Haus sein wird. Er wird ein paar Bier und ein paar Schnäpse trinken, nachdem Ellen und Hussein gegangen sind. Er wird laut fluchen auf dem Weg in die Weststadt. Er wird von einer ganzen Reihe Autos entlang der Clichystraße die Seitenspiegel abtreten. Genauso wie früher. Weil sich nie etwas ändert. Als er vom Klo kommt, ist Hussein nicht mehr da. Ellen sitzt an der Theke und lächelt Frankie an. Ihr Lidschatten ist verschmiert. Sie steckt sich die Zigarette zu weit in den Mund. Sie hat seine Rum-Cola ausgetrunken. Sie schüttelt den Kopf und brennt die Zigarette an.

Wolltest du nicht mit ihm mit? fragt Frankie.

Warum sollte ich denn mit ihm mit, sagt sie.

Frankie hebt die Schultern.

Ich weiß, wie ihr alle immer denkt, sagt Ellen.

Ich denke gar nichts, sagt Frankie.

Hussein hat Aids, Mensch, sagt Ellen und bestellt noch zwei Rum-Cola.

Ich geh nicht mit jedem ins Bett, sagt sie, bin ich noch nie. Ich hab viel gemacht, was ich bereue, und es macht mich verrückt, wenn ich daran denke, dass meine Mädchen mal so was machen könnten. Dass ich ein Mülleimer für jede beschissene Droge und viel zu viele Schwänze war. Die Amphetamine, das Koks, die Musik, als ich das erste Mal auf so eine Party kam, war das, als hätte alles da nur auf mich gewartet, um mich glücklicher zu machen, um mich auszufüllen. Für mich war es die Welt, die glänzt, die beste Zeit, die ich leben konnte.

Sie trinkt einen großen Schluck. Sie lässt ihre Zigarette fallen und tritt sie aus.

Natürlich war es scheiße eigentlich, sagt sie.

Als sie nach Hause gehen, beginnt es zu regnen. Ellen nimmt Frankie an der Hand. Es ist niemand auf der Straße. Ein Wagen fährt an ihnen vorbei und biegt ab. Kein Licht hinter den Fenstern, manchmal das blaue Zucken eines Fernsehers.

Bin ich froh, dass ich in dieser Stadt nicht mehr jung sein muss, sagt Ellen und küsst Frankie lang und fest und atemlos, während ihnen der Regen die Gesichter hinabläuft.

Bis sie ankommen, ist ihr die ganze Schminke vom Gesicht gewaschen. Aus ihren Haaren tropft es auf den Fußboden. Sie zittert vor Kälte. Frankie nimmt sie in den Arm. Sie legt ihren Kopf an seine Schulter und atmet. Frankie küsst ihr Ohr, ihren Nacken.

Ich bin müde, flüstert sie, lass mich zuerst ins Bad.

Frankie setzt sich auf das Sofa, das Ellens Mutter frisch bezogen hat. Er hört Ellen im Bad, die Klospülung, wie sie sich die Zähne putzt. Die Badezimmertür öffnet sich und schließt sich. Die Tür zum Kinderzimmer öffnet sich und schließt sich. Dann ist es still in der Wohnung. Frankie legt sich hin. Gegenüber brennt noch Licht. Er erkennt den Umriss eines Mannes hinter der Gardine. Er denkt an Petra und Silvester. Morgen ist Freitag.

26

Danilo sieht einen Schatten in der Ecke neben der Tür. Der Schatten bewegt sich nicht. Der Schatten kauert da wie ein Tier. Er zittert ein wenig. Danilo schließt sein Auge und öffnet es wieder, aber der Schatten lauert weiter. Danilo hat beide Unterarme verbunden, die Beine eingegipst, glaubt er. Er hat keine wirklichen Schmerzen, nur ein Gefühl, als sei er am ganzen Körper wund, als hätte man ihm die Haut abgezogen und das Fleisch gesalzen und gepfeffert und die Haut wieder aufgelegt. Draußen vor dem Fenster ist es dunkel. Es regnet. Er weiß nicht, wie viel Uhr es ist, er weiß nicht, welcher Tag. Ob der Unfall gestern war oder letzte Woche. Vielleicht haben seine Kinder schon an seinem Bett geweint und er hat es nicht mitbekommen. Er glaubt nicht, dass Ellen die Kinder zu ihm bringt. Er schließt das Auge für eine Ewigkeit und öffnet es wieder und Vrancic sitzt an seinem Bett, das Gesicht zum Fenster gerichtet, die Ellbogen auf dem Bett abgestützt, die Hände gefaltet. Er betet. Draußen ist ein unbestimmtes Licht. Danilo kann nicht sagen, ob Morgen- oder Abenddämmerung. Vrancic lächelt: Dein schönes Auto.

Danilo blinzelt. Vrancic blickt ihn an. Ein Pfleger geht vor dem Zimmer den Flur entlang. Der Schatten springt davon wie ein Hase.

Als ich dir den Wagen damals gekauft habe, sagt Vrancic, wusste ich nicht, dass du keinen Führerschein hast. Ich bin davon ausgegangen, dass ein Mann wie du einen Führerschein hat. Ein paar Wochen später erst hat mir der Grieche das gesagt. Und ich war sauer erst. Ich schenk doch einem, der keinen Führerschein hat, kein Auto. Ich schenk doch einem Einbeinigen auch kein Fahrrad. Aber dann hab ich gedacht, der hat Eier, der zweifelt nicht, der darf alles.

Vrancic brennt sich eine Zigarette an. Dass gleich ein Rauchmelder anspringt und die Sprinkleranlage, denkt Danilo. Aber es bleibt still.

Weißt du, mein Freund, sagt Vrancic, ich beneide deinen Vater.

Er bläst Rauch zur Decke. Er nimmt einen Flachmann aus der Innentasche seine Jacketts, trinkt einen Schluck und steckt den Flachmann wieder ein, ohne Danilo etwas anzubieten. Danilo kann den Bourbon schmecken auf seiner trockenen Zunge, das Brennen, die Süße, die Wärme spüren im Hals und im Bauch.

Ich liebe dich, sagt Vrancic, ich habe keine Angst, das zu sagen, deshalb bin ich nicht schwul.

Er lässt die Kippe auf den Boden fallen und tritt sie aus.

Es gab eine Zeit in meinem Leben, sagt Vrancic, da hätte ich dich mit einem Kissen erstickt, nach dem, was du getan hast. Klappe zu.

Er klatscht in die Hände, dass Danilo erschrickt: Affe tot, wie ihr Kartoffeln sagt.

Er lacht, fährt sich mit der Hand übers Gesicht.

Ich bin ein Totschläger und Räuber, dem nie elterliche Fürsorge zuteilgeworden ist, sagt Vrancic und lacht, aber ich habe mich geändert.

Er brennt sich die nächste Zigarette an. Er inhaliert tief

und genussvoll und bläst den Rauch in Richtung Rauchmelder. Er lächelt.

Biep, biep, biep, sagt er und raucht schweigend die Zigarette zu Ende. Er trinkt von seinem Flachmann und Danilo schließt sein Auge und öffnet es wieder und Vrancic steht am Fußende des Bettes. Sein liebes, rundes Gesicht liegt in Falten. Er sieht müde aus, als hätte er die Nacht an Danilos Bett gewacht.

Als ich neun Jahre alt bin, sagt Vrancic, stirbt meine Mutter, am Ende eines langen, heißen Sommers. Ich bin nicht traurig, als sie stirbt. Sie ist ein böses, hinterlistiges Weib und schon achtundvierzig Jahre alt, als sie mich bekommt. Ihre Schmerzensschreie hallen durch die verdunkelten Zimmer und Gänge unseres Hauses in Sisak, und die Schwester und der Arzt, die sich um meine Mutter kümmern, schicken mich jeden Tag nach draußen, weil sie denken, das Leiden meiner Mutter wäre eine zu große Belastung für meine kindliche Seele. Aber ich genieße ihr Leid. Ich lege mich im Garten, unweit des Hauses, in den Schatten eines Busches, der mich vor den Blicken der Erwachsenen verbirgt, kaue an einem Grashalm, töte Insekten und lausche dem Leiden meiner Mutter. Ein Nachbarmädchen beobachtet mich jeden Tag von seinem Zimmer aus. Sie ist schön, vielleicht ein wenig älter als ich. Sie hat blondes, volles Haar, das ihr über die Schultern fällt. Ich glaube unter ihrem dünnen Hemd kleine Knospen von Brüsten auszumachen, von wilden Hormonen geschwollene Nippel, die den Stoff wölben. Ich stelle mir Dinge mit ihr vor, von denen ich keine Ahnung habe, dass man sie tun kann mit einem Mädchen. Die Wochen, in denen sich meine Mutter im Todeskampf windet, sind die letzten unschuldigen Tage meines Lebens. Mein Vater ist Parteisekretär und das ganze Jahr über in Zagreb. Er hat eine jüngere Geliebte dort, heißt es, und mit ihr ein Kind, ein Mädchen. Meine Mutter stirbt um zwölf Uhr mittags. Genau mit dem Schlagen der Turmuhr gibt sie den Geist auf. Ich zerdrücke ein paar Ameisen, öffne meine Hose und zeige dem Mädchen hinter dem Fenster meinen Penis. Ich entdecke ein langes Haar da unten und ziehe dran und betrachte das kleine Zelt, das meine Haut bildet. Das Mädchen wendet den Blick nicht von mir ab, es reagiert nicht. Aber das Spiel langweilt mich. Ich zupfe mir das Haar aus, packe meinen Penis weg, schließe die Hose und gehe nach drinnen in die Küche, wo die Krankenschwester mit der Haushälterin um meine Mutter weint. Sie sehen zu, wie ich den Ofen öffne, in dem ein großes Stück Fleisch in einem Bräter schmort. Mit bloßen Händen hole ich den Bräter aus dem Ofen und stelle ihn auf den Herd, nehme das große Messer vom Küchenblock und schneide mir dicke Scheiben von dem Fleisch ab. Dass ich mir dabei die Hände verbrenne, merke ich gar nicht. Und der Braten ist nicht gar. Mit einem Teller halb rohem Fleisch setze ich mich an den Küchentisch und beginne zu essen. Die Haushälterin schlägt die Hände vor dem Gesicht zusammen, die Krankenschwester läuft aus der Küche, um den Doktor zu holen. Ich kaue lange an dem rohen Fleisch, der Saft läuft mir am Kinn runter. Als der Doktor die Küche betritt, befiehlt er mir, damit aufzuhören. Ich gehorche nicht, schiebe mir das nächste dicke Stück in den Mund und kaue und kaue. Er entreißt mir Messer und Gabel, fegt den Teller vom Tisch und bevor er mir eine Ohrfeige geben kann, habe ich ihm schon ins Gesicht geschlagen, dass das Blut aus seiner Nase spritzt. Als mein Vater mich zwei Tage später abholt, um mich auf die Militärschule nach Belgrad zu bringen, sehe ich das Nachbarsmädchen das letzte Mal. Ich bin heute noch überzeugt, dass sie die Richtige für mich war, dass sie die Mutter meiner Kinder hätte sein sollen. Aber ich war im Krieg von diesem Tag an. Einem totalen Krieg. Voller Selbstgerechtigkeit. Hätte meine Hexe von Mutter zehn Jahre länger gelebt, wäre ich heute ein glücklicher Mann.

Vrancic brennt sich eine Zigarette an. Er stellt sich unter den Rauchmelder. Kein Alarm, keine Sprinkleranlage wird ausgelöst. Er lächelt.

Warte mal, sagt er, hat die Turmuhr wirklich zwölf Mal geschlagen, als sie gestorben ist? Oder ist sie in der Nacht schon gestorben und ich kapiere es erst, als ich bis zum Mittagsläuten keine Schreie von ihr höre?

Vrancic packt Danilo mit der Hand am Kiefer und drückt auf die Gelenke, dass sich sein Mund öffnet, und blickt hinein. Du stinkst aus dem Maul, wie eine Kuh aus dem Arsch, sagt er.

Danilo schließt das Auge.

Ich bin der Einzige, sagt Vrancic, der dich je geliebt hat, so wie du bist. Ich bin der Einzige, für den du nie jemand anders sein musstest als du selbst.

Danilo hebt die Hand.

Und ich bin mir sicher, sagt Vrancic, dass auch du mich geliebt hast, mehr als deinen Vater.

Danilo lässt die Hand sinken.

Und die Deutschen können nicht mal mehr funktionierende Rauchmelder bauen, sagt Vrancic und Danilo hört das Feuerzeug schnappen und riecht den süßen Geruch von Bourbon und öffnet das Auge und drei Ärzte und eine Krankenschwester stehen neben seinem Bett. Einer der Ärzte nimmt mit seiner Linken Danilos Hand und schüttelt sie leicht und lässt sie wieder auf die Bettdecke fallen.

Professor Leitmayr, guten Tag Herr Rabanser, wie geht es Ihnen?

Danilo nickt.

Wofür brauchen Sie denn so starke Schmerzmittel wie Fentanyl, Herr Rabanser? fragt Leitmayr.

Tumor, Niere, rechts, Stufe 4, sagt Danilo und räuspert sich und die Schwester hält ihm eine Schnabeltasse an die Lippen. Danilo trinkt.

Bei wem sind Sie in Behandlung? fragt Leitmayr.

Doktor Demsky in der Hauptstraße, sagt Danilo.

Versuchen Sie mal, den Kollegen zu erreichen, sagt Leitmayr.

Die Schwester verlässt das Zimmer. Sie hat schöne Beine, prachtvolle Waden.

Glück im Unglück, sagt Leitmayr, Herr Rabanser. Die OP ist gut verlaufen, keine bleibenden Schäden, vermuten wir. Beide Handgelenke sind gebrochen, an den Beinen ein bisschen was, die Schienbeine, Ihr linkes Knie müssen wir beobachten, die Schwellung ist noch zu stark, um was Konkretes sagen zu können.

Die jüngeren Ärzte nicken.

Und Schleudertrauma und Gehirnerschütterung, sagt einer von ihnen.

Die Schwester kommt zurück und flüstert Leitmayr ins Ohr. Leitmayr schlägt Danilos Decke zurück und betastet mit kalten Händen seine Nieren.

Wir haben Sie einmal komplett durchfotografiert, sagt Leitmayr, und nichts gefunden, was auf eine Krebserkrankung hindeuten könnte.

Er lässt sich von der Schwester Danilos Akte geben und blättert sie durch.

Im Blutbild sind keine Tumormarker, sagt er, und der Kollege Demsky ist vor vier Wochen in Ruhestand gegangen. Sie bekommen jetzt noch Schmerzmittel für Ihre Verletzungen, sagt Leitmayr, aber sobald wir die wieder runterfahren, müssen wir über eine Therapie sprechen, Sie sind voll drauf, würden meine Kinder sagen.

Der Professor lacht. Danilo schließt sein Auge. Das Lachen des Professors verweht auf der Station. Danilo nickt und öffnet das Auge. Marcel steht am Fenster. Er stinkt nach Alkohol und Schweiß.

Ich soll dich von den Alten grüßen, sagt er, und von Marco und Rico.

Danke, sagt Danilo.

Marcel tritt neben sein Bett, nimmt die Schnabeltasse und gibt ihm zu trinken.

Welcher Tag ist heute, fragt Danilo.

Marcel brennt sich eine Zigarette an und bläst den Rauch zur Decke.

Im Krankenhaus darf man nicht rauchen, sagt Danilo und Marcel lächelt und sagt: Wie kommst du auf die Idee, dass du in einem Krankenhaus bist?

Wo denn sonst, sagt Danilo.

Sag du es mir, sagt Marcel.

Bist du besoffen? fragt Danilo.

Ja, sagt Marcel und lacht.

Hau ab und lass mich in Ruhe, sagt Danilo und schließt das Auge. Er hört Marcel, wie er zum Fenster zurückgeht, wie er raucht. Er rüttelt am Fenster, das sich nicht öffnen lässt.

Ich hab es immer gehasst, sagt Marcel, mit euch das

Zimmer teilen zu müssen. Als Pamela anfängt, im Wohnzimmer zu schlafen, ist es besser geworden. Aber immer noch schlimm. Und je älter ich werde, merke ich, dass ich ein sehr privater Mensch bin, dass ich gern für mich allein bin, selbst beim Saufen bin ich am liebsten allein. Und jetzt, in der Rückschau, wenn ich an die Zeit zu viert mit euch in dem kleinen Scheißzimmer denke, wundert es mich nicht, dass nichts aus mir wird. Mir ist ständig übel damals. Ich habe das Gefühl, gleich kotzen zu müssen, wenn ich zurückdenke an Marcos ungewaschene Füße mit den gelben Zehennägeln, die vom oberen Stockbett baumeln direkt vor meinem Gesicht. An euren Geruch, als ihr dreizehn, vierzehn werdet, fünfzehn, als ich das erste Mal kapiere, woher das komische, fappende Geräusch kommt mitten in der Nacht, im Bett über mir, und warum das Gestell wackelt. Und immer Lärm und Geschrei und Stress und ich hab nie Hunger und bis heute kann ich nicht essen, wenn ich nur ein wenig im Stress bin, und mein Magen, ich kann dir gar nicht sagen, was ich alles nicht essen kann, ohne dass ich davon Magenschmerzen bekomme und Blähungen, dass es mich fast zerreißt, und das kommt alles von damals, das weiß ich jetzt. Ich hab eine Therapie gemacht. Solltest du auch, kann ich nur empfehlen.

Danilo öffnet sein Auge. Marcel steht immer noch am Fenster. Wieder rüttelt er daran. Er untersucht den Rahmen nach einer Möglichkeit, es zu öffnen, und dreht sich zu Danilo um und sagt: Du schläfst ja doch nicht.

Und Danilo sagt: Zünd mir mal eine an.

Und Marcel brennt zwei Zigaretten an und steckt eine zwischen Danilos Lippen und lässt ihn ziehen. Schweigend rauchen sie. Marcel hält die Kippe an Danilos Mund und nimmt sie weg, wenn er gezogen hat.

Danke, sagt er.

Warum, hab ich den Alten gefragt, warum setzt du fünf Kinder in die Welt, wenn du nur Geld und Platz hast für eins, höchstens zwei? Wenn du nur genug Ressourcen hast, um ein Kind auszustatten für diese Welt? Und wenn du selber so vermindert intelligent bist, dass du dich grundsätzlich nicht fortpflanzen solltest? Und weißt du, was er geantwortet hat?

Nichts, sagt Danilo.

Genau, sagt Marcel, nichts!

Danilo schließt das Auge und sagt: Die Zigarette hat gutgetan.

Du hast gar nicht geraucht, sage ich, im Krankenhaus darf man nicht rauchen.

Der Schatten vor dem Zimmer bewegt sich. Ganz langsam, wie der Stundenzeiger einer Uhr. Er zittert.

Bist du das, Ferry? fragt Danilo.

Ich bin hier oben, sage ich.

Scheiße, sagt Danilo.

Es ist Freitagmorgen, kurz vor Sonnenaufgang, sage ich, die Leute hier vom Krankenhaus haben keine Versichertenkarte in deinem Portemonnaie gefunden. Sie wissen nicht, dass es keine gibt. Sie denken, du hast sie nur zu Hause vergessen. Sie haben gestern fünf Mal versucht, Ellen bei ihrer Mutter zu erreichen. Nachdem Ellens Mutter wusste, dass das Krankenhaus wegen dir anruft, ist sie nicht mehr rangegangen. Es geht ein Wind von Nordost, mit geringer Geschwindigkeit. Frankie summt im Schlaf die Melodie von London Calling. Er will sich am Morgen aus der Wohnung schleichen und nach Stuttgart zurückfahren. Er wird dich nicht besuchen kommen. Er ist froh, dass er dich nicht mehr sehen muss. Er hat versucht, Ellen zu überreden, das Geld in ein Schließfach bei der Kreissparkasse zu bringen. Sie hat es immer noch unter dem Bett. Und was denkst du, wohin Vrancic gerade unterwegs ist?

Danilo lacht und öffnet sein Auge und die Schwester mit den schönen Beinen steht neben seinem Bett und lächelt ihn an. Sie hat ihre Uniform einen Knopf weiter aufgeknöpft als das letzte Mal, als sie mit den Ärzten hier war.

Haben Sie Durst? fragt sie.

Danilo nickt. Die Schwester gibt ihm die Schnabeltasse.

Hunger? fragt sie und zeigt auf ein Tablett auf dem Nachtkasten.

Danilo nickt. Sie schneidet ein Marmeladenbrot in kleine Stücke und füttert ihn damit. Er kaut und schluckt, er kann nichts schmecken.

Die Polizei bringt nachher Ihr Glasauge, sagt die Schwester. Das König-Wilhelm war früher meine Stammkneipe.

Kannst du das Fenster öffnen? fragt Danilo und die Schwester schüttelt den Kopf: Wir haben eine Lüftung hier auf Intensiv.

Ich würde gerne eine rauchen, sagt er.

Ich auch, sagt sie.

Ist das wirklich die Intensivstation? fragt Danilo und die Schwester senkt den Blick und schüttelt den Kopf.

Was dann? fragt Danilo.

Die Schwester geht aus dem Zimmer. Der Schatten kommt langsam zur Tür zurück wie ein Hund, der sich aus der Kälte schleppt auf seinen Platz neben den Ofen.

Danilo, sage ich, es könnte sein, dass wir verlieren.

Danilo muss lachen. Sein Körper platzt. Regen schlägt gegen die Scheibe. Die Schwester blickt vom Flur in das Zimmer. Sie lächelt: Alles in Ordnung?

Ja, sagt Danilo.

Es ist Mitternacht, sagt sie, es hört gleich auf zu regnen.

27

Die Tür fällt hinter Frankie ins Schloss. Die Sonne geht gerade auf. Es ist kalt. Die Deutschlandfahne am Balkon in Haus 1 schlägt im Wind. Frankie geht los. Ein Bentley rollt im Schritttempo die Straße hinab und hält an. Ein schönes, großes Auto mit einem Frankfurter Kennzeichen. Der Fahrer steigt aus und öffnet die hintere Tür für einen kleinen, älteren Mann mit rundem, vollkommen faltenfreiem Gesicht. Der Fahrer und der kleine Mann sehen zu Haus 4 hinüber. Und Frankie ahnt, was das für Männer sind und warum sie hier sind. Er geht weiter, mit gesenktem Blick, als sei er in Gedanken, als habe er den Wagen und die Männer gar nicht bemerkt. Er denkt an das viele Geld unter Ellens Bett.

Er lässt die Ampel an der Steinheimer Straße einmal auf Rot springen, bevor er sie überquert. Im Tankshop kauft er ein Päckchen Camel ohne Filter, Marlboro Gold für Ellen und einen Kaffee. Langsam geht er wieder zurück. Hinter dem Fenster in Haus 2, wo sein Zimmer war, steht ein Junge und blickt zu ihm runter. Er ist vielleicht acht, neun, nicht älter. Frankie winkt ihm zu. Der Junge winkt ihm mit einer Actionfigur zurück, dann zeigt er auf sein Fortnite-T-Shirt. Frankie hebt den Daumen. Er denkt an Silvester, wie er im letzten Herbst aus der Kinderabteilung von H&M rennt, weil es noch kein Fortnite-T-Shirt in seiner Größe gibt. Sie finden ihn erst nicht, weil er sich im Eingangsbereich zwischen den Regenmänteln versteckt. Auf den Balkon der Wohnung tritt jetzt ein Mann.

Dich kriegen wir auch noch, ruft der Mann.

Frankie hebt die Schultern. Er erinnert sich. Das ist Ich-gib-immer-du-gibst-nie-Günther. Er hat immer Geld, immer geht er zur Tankstelle und kauft Bier, immer hat er Zigaretten. Niemand mag ihn eigentlich, weil er angibt, weil er die dümmsten Lügen erzählt. Wenn er sein ganzes Geld ausgegeben hat, sagt er: Jetzt gib du, jetzt gib du, ich gib immer, du gibst nie. Manchmal spendieren wir ihm ein Bier, manchmal. Meistens sagen wir, wir gehen nach Hause, gehen aber nur woandershin. Er wird aggressiv, wenn er uns wiederfindet. Später erzählt uns jemand, dass Günther seit einem Badeunfall als Kind einen Hirnschaden hat. Er hat seinen Fernseher, seine Stereoanlagen, seine Küchengeräte und die Möbel in seiner Wohnung verkauft, die ihm die Eltern eingerichtet haben, damit er lernt, eigenständig zu leben. Deshalb hatte Günther immer Geld, um uns einzuladen.

Ihr baumelt alle am Strick, ihr Kinderschänder, ruft Günther, wir machen kurzen Prozess mit euch Gesindel.

Frankie biegt um die Ecke. Er klingelt bei Ellens Mutter. Von Weitem hört er Günther rufen: Ich weiß, wo du wohnst!

Dann geht der Türsummer.

Die Mädchen sitzen ganz nah vor dem Fernseher, der kaum zu hören ist. Spongebob und Patrick streiten sich mit Mister Krabs. Ellen hält sich die Hände vors Gesicht. Sie hat rote Augen, als sie die Hände wegnimmt.

Hast du Zigaretten mitgebracht? fragt sie und lächelt und Frankie nickt und geht um die Mädchen herum zum Balkon. Er gibt Ellen Feuer.

Ich dachte schon, sagt sie, du bist weg.

Ich wollte niemand wecken, sagt Frankie.

Mein Onkel fährt uns nach Geislingen, sagt sie.

Gut, sagt Frankie.

Du kannst mitkommen, sagt sie.

Vergiss nicht, das Geld zur Bank zu bringen, sagt Frankie.

Ellen lacht und blickt zur Straße, wo der Bentley stand: Dienstag ist Elternabend. Ich bin stellvertretende Elternsprecherin. Franzi ist gut in der Schule, dafür, dass sie schon drei Mal gewechselt hat. Ich mache jeden Nachmittag Hausaufgaben mit ihr. Ich hab das Abi nachgemacht, wusstest du das? Fernkurs. Ich werde allen Nachhilfe geben können. Ich hab allen dreien schon das Schwimmen beigebracht. Ruby kommt in den Kindergarten im Frühjahr. Dann kann ich arbeiten gehen. Meine Mutter legt immer was beiseite für die Kinder. Mein Onkel hat ein Konto für sie.

Frankie weiß nicht, ob Petra schwimmen kann. Er überlegt, ob er damals das Seepferdchen gemacht hat, ob er Silvester das Schwimmen beibringen könnte.

Meine Mutter hat immer erzählt von dem Labor, sagt Ellen, wo du die Lehre gemacht hast, wie toll es da ist und wie kompliziert die Arbeit, dass immer jemand pfeift oder lacht von den Angestellten, dass ihr alle wie Ärzte ausseht in euren weißen Arbeitskitteln.

Die Dinger hab ich gehasst, sagt Frankie.

Ich hab mir dich vorgestellt, sagt sie, in einem schönen Häuschen, mit einem schönen Wagen, ein Wohnmobil vielleicht oder ein Motorrad, glückliche Frau und glückliche Kinder, Kommunion, Firmung, Rasenmähen am Samstag, das alles.

Du hast mir deinen Traum gestern nicht mehr erzählt, sagt Frankie.

Wovon ich gerade rede, ist ein Teil davon, sagt Ellen und stützt sich am Geländer ab. Ruby drückt ihren Mund von innen an das Glas der Balkontür und bläst die Backen auf, sie verdreht die Augen, dann läuft sie lachend davon. Ein fettiger Abdruck ihres Mundes bleibt an der Scheibe zurück.

Als ich ins Krankenhaus hoch bin, sagt Ellen, um Ruby zu bekommen, da ist eine Ärztin auf Station, die mir bekannt vorkommt. Aber ich krieg ihren Namen nicht mit, weil die Schwester die Aufnahme macht. Die Ärztin geht immer wieder vorbei an meinem Zimmer, in dem ich liege und die Abstände zwischen den Wehen zähle. Das Gesicht kommt mir so bekannt vor. Aber ich komm einfach nicht drauf, wer das ist, und Danilo ist nicht da und geht nicht ans Telefon. Und als die Fruchtblase platzt, bleibt sie im Türrahmen stehen und fragt, ob alles in Ordnung ist, und da erkenne ich sie wieder. Die kleine Kübra, erinnerst du dich? Die jeden Abend schon so voll in die Klappe kommt, dass sie einschläft um halb zehn im Eck oder sich befummeln lässt für ein Bier oder zwei.

Ich dachte immer, die ist gestorben, sagt Frankie.

Das dachten wir alle, sagt Ellen, aber die ist irgendwann morgens aufgewacht, getrocknete Kotze im Haar, kein Höschen mehr an, und hat beschlossen, so nicht mehr zu leben, und ist nach Freiburg zu ihrer Tante gezogen. Jetzt ist sie Oberärztin auf der Gynäkologie.

Koma-Kübra, sagt Frankie und lacht beim Gedanken an die kleine Frau mit dem großen Durst.

Ich muss unseren Krempel zusammenpacken, sagt Ellen, richte Danilo aus, dass die Kinder denken, er ist für länger verreist.

Sie drückt die Tür auf und geht nach drinnen. Auf dem Gehweg unten der Mann mit dem Rollator, in seinem Korb eine Stange Lauch, ein paar Äpfel und etwas in Plastik verpacktes Fleisch. Das vordere kleine Rad schlingert und quietscht. Man müsste nur die Haltemutter festziehen und einen Tropfen Öl dranmachen, denkt Frankie, das könnte doch irgendjemand hier tun. Der Mann geht vorbei und verschwindet um die Ecke. Eine Weile noch hört Frankie das Quietschen des Rollators, dann nur noch den Verkehr.

Frankie räumt den Tisch und die Stühle zur Seite, um die Tür des Raucherraums hinter ihnen schließen zu können. Es ist niemand sonst hier. Das Bett füllt fast den gesamten Raum aus. Frankie gibt Danilo eine Zigarette, Feuer. Danilo inhaliert tief und lächelt. Er hat Schrammen im Gesicht. Er hat sein Glasauge wieder.

Haben mir die Bullen in einer kleinen Plastiktüte gebracht, sagt er und ascht auf den Boden neben seinem Bett, dass die noch mal zu was gut sind.

Frankie wirft ihm zwei Schachteln Marlboro auf die Bettdecke: Frohe Weihnachten.

Hat Ellen das Geld in ein Schließfach getan? fragt Danilo.

Gestern gleich noch, sagt Frankie.

Du musst mir ein Telefon und paar Sachen besorgen, sagt Danilo.

Mein Zug geht nachher, sagt Frankie.

Talstraße 33, sagt Danilo, bei der Feuerwehr schräg gegenüber.

Ich fahr gleich nach Stuttgart zurück, sagt Frankie.

Du klingelst zwei Mal kurz und zwei Mal lang, sagt Danilo.

Ich klingel nirgends, sagt Frankie.

Da ist eine Klingel ohne Namensschild, da klingelst du zwei Mal kurz, zwei Mal lang und sagst, dass du von mir kommst und meine Sachen holst und man dir auch ein Telefon für mich geben soll.

Ich schieb dich gleich zurück in dein Zimmer, sagt Frankie, und dann bin ich weg.

Danilo lächelt: Wo willst du denn hin?

Nach Hause, sagt Frankie.

Deine Alte ist längst fort, sagt Danilo, kannst auch gleich hierbleiben.

Ist sie nicht, sagt Frankie, wir haben morgen einen Termin zusammen, das kriegen wir alles wieder hin.

Das Einzige, was Typen wie du und ich hinkriegen, sagt Danilo, ist, nicht da zu sein, wenn man uns braucht.

Frankie weiß, dass er recht hat. Und ich weiß, dass er recht hat. Ellen wusste das schon immer. Sie hat es nur kurz nicht glauben wollen. Petra kapiert es langsam.

Wenigstens lande ich nicht im Knast, sagt Frankie.

Ich lande auch nicht im Knast, sagt Danilo.

Das glaubst auch nur du, sagt Frankie.

Vrancic sorgt schon dafür, sagt Danilo, vielleicht kurz mal, dann raus auf Bewährung.

Nachdem du ihm sein Geld geklaut hast, sagt Frankie.

Deshalb brauch ich meine Sachen aus der Talstraße und das Telefon, sagt Danilo.

Eine Schwester öffnet die Tür zum Raucherraum. Sie ist jung und schön, sie hat winzige Füße, die in weißen Sandalen stecken.

Das nächste Mal sagen Sie Bescheid, sagt sie. Sie blickt

sich um, nimmt Frankie die Zigarette aus den Fingern und zieht daran.

Der Kleine hier bringt mich gleich wieder aufs Zimmer, sagt Danilo.

Die Schwester bläst den Rauch zur Decke. Sie leckt sich die Lippen und nimmt noch einen Zug, bevor sie die Zigarette Frankie zurückgibt.

Zehn Minuten, sagt sie und geht. Frankie blickt ihr nach. Sie dreht sich kurz um. Sie winkt ihm und verschwindet hinter der automatischen Tür zur Station.

Ellen hat sich nur von dir ficken lassen, sagt Danilo, um mir eine reinzuwürgen, das ist ihr altes Spielchen.

Ich weiß, sagt Frankie.

Heul nicht gleich wieder, sagt Danilo.

Frankie betrachtet Danilo in seinem Bett, der sich nicht bewegen kann, der die Hand heben kann, um zu rauchen, mehr nicht.

Ein erwachsener Mann, sagt Danilo, und heult rum wie ein Kind.

Frankie will etwas sagen, aber weiß nicht, was. Er wendet den Blick von Danilo ab und zum Fenster. Ein Hubschrauber nähert sich dem Krankenhaus.

Guck dich doch an, sagt Danilo, je schneller du mir die Sachen besorgt hast, umso schneller kannst du heim und an den Slips von deinem Mäuschen riechen, die sie dir zum Waschen dagelassen hat.

Frankie drückt den Klingelknopf. Zwei Mal kurz, zwei Mal lang. Von dem zweistöckigen Haus blättert der Putz ab, aus der Kellerluke wächst ein Götterbaum. Die Wohnung im Erdgeschoss ist unbewohnt. Ein Fenster ist mit Pappkarton abgedeckt. Danilos Bruder Marco wohnte hier zwei Jahre lang. Als er ausziehen musste wegen seiner Mietschulden, hat er das Bad zertrümmert und Hundescheiße an die Wände geschmiert. Hier wohnen immer nur Irre. Das weiß Frankie nicht. Der Türsummer geht und Frankie drückt die Tür auf und steigt die Treppen hoch. Frankie braucht ein paar Sekunden, aber dann erkennt er den Bader, den Nazi, der in seinem grünen Golf 1 durch die Stadt gefahren ist früher mit seinen Kumpels, paar Baseballschlägern im Kofferraum, und Jagd gemacht hat. Er ist fett geworden.

Was willst du? fragt er.

Danilos Sachen holen, sagt Frankie, ein Telefon braucht er auch.

Wo sitzt er denn? fragt Bader und verschwindet in der Wohnung. Frankie betritt den Flur: Krankenhaus.

Mach die Tür zu, ruft Bader und zieht mit einem Haken, der an einem Stock befestigt ist, eine Klappe in der Decke des Flurs herunter, bis sie einrastet. Keine Leiter rauf, keine Treppe, nur ein Loch in der Decke. Bader greift mit beiden Händen den Rand des Lochs und zieht sich hoch, flink wie eine Katze. Am Ende des Flurs liegt ein Zimmer, aus dem Stimmen kommen. Frankie klopft an den Türrahmen und tritt ein. Der Fernseher läuft. Eisbär, Affe & Co. Auf dem Sofa davor sitzt eine junge Frau mit Dreadlocks. Sie trägt ein weites, schwarzes T-Shirt mit dem Elefanten aus der Sendung mit der Maus vorne drauf. Sie winkt kurz und sieht weiter fern. Die Pfleger vertreiben ein Geierpaar, um an das Nest mit ihren Jungen zu kommen. Die Frau schüttelt den Kopf.

Was machen die, sagt sie.

Die schauen nach, sagt Frankie, welche männlich und welche weiblich sind, die Folge kenn ich.

Die machen den Vögeln doch Angst, sagt die Frau.

Das verkraften die, sagt Frankie, das sind Geier.

Die sind so schön, sagt die Frau, so einen hätte ich gern als Haustier.

Die sind ziemlich laut, sagt Frankie.

Bader tritt in den Raum und gibt Frankie einen schwarzen Stoffbeutel, auf dem HKNKRZ steht.

Da ist alles drin, sagt Bader, Prepaidhandy mit Internet ist auch dabei. Schöne Grüße von mir, damit sind wir quitt.

Richte ich aus, sagt Frankie.

Und wenn du noch mal meine Lady anbaggerst, sagt Bader. Er hebt die Faust und lacht.

Frankie erinnert sich, wie Bader und seine Jungs ihn einmal die Schnaitheimer Straße runtergejagt haben. Wie er beim Zollhaus über die Gleise Richtung WCM und Badehaus gerannt ist in der Hoffnung, dass da noch irgendjemand ist oder er ein dunkles Eck zum Verstecken findet.

Draußen klemmt er sich den HKNKRZ-Beutel unter die Jacke. Der Wind bläst kalt die Talstraße entlang. Vorne fährt die Feuerwehr mit Blaulicht vom Hof. Die Sirene bleibt stumm. Der Geruch von Schnee liegt in der Luft. Nächste Woche ist der erste Februar. In drei Wochen Fasching. Die Freundin von Bader hat gar keine Dreadlocks. Die Haare gehören zu ihrem Kostüm. Sie hat die Perücke gerade aufgesetzt, um zu testen, ob es echt aussieht. Sie will an Fasching als Willkommensklatscherin gehen, das findet sie witzig. Jetzt öffnet sie oben das Fenster und spuckt auf Frankie runter: Verpiss dich, Kanakenfreund, du Kinderschänder, ruft sie und lacht und schnippt ihre Kippe nach ihm. Frankie weiß nicht einmal, wer ihn da anspuckt, weil er sie ohne die Perücke nicht erkennt.

28

Wie geht es meinen Mädchen? fragt Danilo.

Die haben dich lang vergessen, sage ich, die brauchen dich nicht, haben dich nie gebraucht.

Es ist dunkel vor den Fenstern. Auch im Zimmer. Es ist still auf der Station. Durch den Spalt unter der Tür dringt ein Lichtschein, der unterbrochen wird, als bewege sich jemand vor der Tür hin und her, hin und her. Es klopft nicht. Niemand drückt die Klinke.

Ich flüstere: Tick-Tack. Tick-Tack. Tick-Tack.

Was ist mit Frankie? fragt Danilo.

Der sitzt in Waiblingen am Bahnhof, sage ich, sein Zug hat einen Motorschaden, er wartet auf den nächsten.

Hat Bader ihm meine Sachen nicht gegeben, sagt Danilo.

Die liegen in einer Wertstofftonne in der Talstraße, sage ich.

Danilo schließt die Augen. Er weiß nicht, ob er mir glauben soll. Zum ersten Mal zweifelt er an mir. Danilo weiß nicht, ob er Abendessen bekommen hat. Eine Schwester hat ihm wortlos einen neuen Tropf angehängt am Nachmittag. Ihm wird schlecht davon. Er schläft ein. Er wacht auf mit dem Geschmack von Wurstsalat im Mund. Er muss pissen. Er klingelt, weil er Durst hat, aber niemand kommt. Eine Weile sieht er das rote Licht über seiner Tür leuchten, irgendwann ist es erloschen. Vielleicht hat ihm jemand etwas zu trinken gegeben. Er weiß es nicht. Er klingelt. Er muss immer noch oder schon wieder pissen. Seine Blase fühlt sich an wie ein Stein in seinem Bauch. Wieder wandert ein Schatten im Lichtschein unter seiner Tür. Er bleibt nicht stehen. Er geht hin und her und hin und her und hin und her.

Ich flüstere: Tick-Tack. Tick-Tack. Tick-Tack.

Danilo versucht, sich anders hinzulegen, damit er seine Blase nicht mehr spürt. Aber er platzt immer noch.

Dann hilf mir doch, ruft er.

Der Schatten bleibt stehen. Zwei Balken Dunkelheit im Licht, das durch den Spalt unter der Tür dringt. Mehr nicht. Dann lösen sie sich auf. Danilo versucht, nach dem Rollstuhl an der Wand zu greifen, bekommt ihn aber nicht zu fassen. Er legt sich zurück. Er erinnert sich an die Tage mit Marcel und Marco und Rico im Waldbad, die Hitze von den in der Sonne aufgeheizten Waschbetonplatten der Verbindungswege unter ihren Füßen, das Stechen der spitzen Kieselsteine, manchmal die leichte Brise, die um ihre nassen Körper streicht, liegen sie nach dem Baden im Gras. Dieser kurze Moment, wenn die Mädchen und Frauen sich am Rand aus dem Becken stemmen und die Badeanzüge vom Wasser schwer an den Brüsten, am Bauch, im Schritt kleben, bevor der Stoff sich löst vom Körper. Der Geruch von Penaten-Creme, die er am Abend seinen Brüdern auf Schultern und Rücken schmiert, wo sich die Haut rot pellt. Wie sie ein, zwei, drei Nächte auf dem Bauch schlafen müssen jeden Sommer, bis sie zu braun sind, um verbrannt zu werden von der Sonne. Er erinnert sich an den gespiegelten Mond über der Adria, den er vom Balkon des Hotelzimmers im achten Stock aus betrachtet, nachdem ihm Ellen sagt, dass sie schwanger ist, und einschläft, während er sie küsst und im Arm hält, der Mond hell und weiß und das Meer wie das Universum und seine schlafende Frau mit seinem Kind im Bauch, als gehöre ihm die ganze Welt, weil er für den Moment mehr nicht braucht, als er hat. Er erinnert sich an den Schnee, der wie ein Vorhang fällt vor den bodentiefen Terrassenfenstern ihres Hauses auf dem Zanger Berg, und Franziska, die an der Scheibe steht und hinaussieht und drei ist oder vier vielleicht und fragt, ob Gott auch in jeder Schneeflocke ist. Der kleine, warme Körper der schlafenden Julie auf seinem Arm, ihr Kopf ruht an seiner Schulter. Im Hintergrund das hungrige Schnaufen von Ruby. Ellen stillt sie auf dem Sofa. Franziska, die immer noch auf Antwort wartet und sagt: Aber Gott schmilzt doch nicht, das kann nicht gehen.

Die Nacht dauert ewig. Danilo klingelt noch zwei Mal. Jedes Mal erlischt das rote Licht über seiner Tür nach ein paar Minuten. Es wird nicht hell vor dem Fenster. Der Lichtschein unter seiner Tür bleibt. Nichts bewegt sich. Wie er mit seinem Vater neue Schuhe kaufen geht, in der fünften Klasse vielleicht, Lederslipper sucht er sich aus mit Absätzen und er sagt zu seinem Vater, dass ein Mann ja nicht für immer in Turnschuhen rumlaufen kann, und am nächsten Tag geht er in der Schule den langen Gang runter zum Klassenzimmer und die Absätze klacken laut auf dem Steinboden und die Schüler vor den Klassenzimmern drehen sich um, weil sie denken, da kommt eine Frau, eine Lehrerin, und Danilo senkt kurz den Blick und weiß aber, dass er die Schuhe jetzt tragen wird müssen, bis sie ihm nicht mehr passen oder durchgelaufen sind, weil sie Schuhe nur kaufen können, wenn sie wirklich welche brauchen, und er hebt den Blick und drückt die Schultern durch und sieht jeden Schüler an, der sich zu ihm umdreht. Und alle wissen, dass sie auf die Schnauze bekommen, wenn sie ein falsches Wort sagen über seine Schuhe. Am Ende des Halbjahres läuft die halbe Schule in Lederslippern rum.

Ein wenig Helligkeit mischt sich in die Nacht hinter dem Fenster. Danilo denkt an nichts. Er freut sich, dass diese dunkle Nacht langsam zu Ende geht. Dass Ellen und die Kinder heute kommen, hofft er kurz, dass sie längst wieder in Geislingen sind in der Wohnung, hofft er dann, dass sie sich freuen, wie aufgeräumt und sauber alles ist, dass sie ahnen, dass er das gemacht hat, dass Franziska wieder in die Schule geht, dass sie nicht viel verpasst vom Unterricht, dass sie ihre Freundinnen trifft, dass sie vor nichts Angst hat und ihre Schwestern auch nicht. Er hat Ellen immer vertraut, nie an ihr gezweifelt, nur gesagt hat er ihr das nie. Die Tür öffnet sich und zuerst ist der Pfleger nur ein Umriss vor dem hellen Flur, bis er die Tür wieder schließt und an Danilos Bett tritt.

Guten Morgen, sagt er, gute Nacht gehabt?

Danilo schüttelt den Kopf: Nicht genug Schmerzmittel.

Tut mir leid, sagt der Pfleger, ich geb Ihnen gleich was.

War niemand für mich hier und hat was dagelassen? fragt Danilo.

Der Pfleger schüttelt den Kopf, prüft Danilos Tropf, dreht das Rädchen zu.

Ich muss die halbe Nacht schon aufs Klo, sagt Danilo und richtet sich ein wenig auf.

Ich bring Ihnen gleich die Flasche, sagt der Pfleger und nimmt eine Spritze aus der Tasche seines Pflegerkittels. Er steckt sie in Danilos Zugang und drückt schnell den Kolben ein.

Au revoir wünscht der Grieche, sagt er und bevor Danilo verstanden hat, verflüssigt sich sein Bett und er geht unter. Endlich muss er nicht mehr atmen. Über ihm brechen die Wellen, dann schweigen sie. Die Ruhe löscht alle Schmerzen. Die Ruhe ist nur noch das Jetzt. Danilo sieht Punkte, Farben, ein helles Licht, das aufgeht wie hundert Sonnen.

Der Kleine hat schon ganz andere als dich auf dem Gewissen, rufe ich ihm über den Ozean zu, der ist ein Profi.

Danilo lässt los. Und das gehört zum Schönsten, was er je gefühlt hat.

Hopp, sage ich.

Danilo öffnet die Augen, alles ist schön weich, wie unter Wasser. Alles ist klar.

29

Wind weht hier immer. Und immer von hinten. Die Haare werden ihm in die Stirn geweht. Man kann die kahle Stelle an seinem Hinterkopf sehen, die sonst von seinen langen blonden Haaren verdeckt wird. Ich nehme ihn an die Hand und führe ihn aus dem Tal. Ich bin ruhig, verständnisvoll, geduldig. Danilo ist wieder Kind. Er weiß noch nichts. Die Sonne steht tief. Wir gehen den Schlossberg runter, das Krankenhaus hinter uns beachten wir nicht. Die Hochhäuser werfen lange Schatten auf die Paradiesstraße, die Römerstraße. Auf dem Spielplatz schaukelt die Schaukel leer im Wind und quietscht im Takt des Hin und Her. Eine Silvesterrakete zerplatzt am Himmel, es prasselt in Grün und Rot und Gelb. Pamela winkt aus dem Fenster. Danilo kennt sie noch nicht. Ich winke zurück. Pamela freut sich. Sie ist prall und schön. Ihr volles, schwarzes Haar ist reich und schwer, die ganze Siedlung duftet danach. Sie singt das Lied vom Spannerlangen Hansel und der Nudeldicken Dirn, als sie das Fenster schließt und durch den dunklen Flur zur Tür läuft, um auf Danilo und mich zu warten. Das alles passiert nicht. Ist es nie. Wird nie. Kann gar nicht. Ein Wagen rollt das kurze Stück Paradiesstraße hinab, wird an der Kreuzung langsamer und biegt rechts ab in die Römerstraße, fährt weiter im Schritttempo. Danilo sitzt am Steuer. Auf dem Beifahrersitz sein Vater, der über die Ränder seiner dicken Brille blickt, die er sich bis zur Nasenspitze runtergeschoben hat. Auf der Rückbank Rico und Marco und Marcel. Zwei Runden drehen und dann Eis essen, hat der Vater gesagt. Der Opel Ascona gehört Danilos Onkel. Danilo ist schon mal mit diesem Auto gefahren. Aber das weiß hier keiner. Die lockere Zündleitung von damals ist längst schon ausgetauscht und hat sich nicht fünfzig Kilometer vor Rudolphstein gelöst. Der Motor des Ascona dreht leise seine Touren. Der Wagen biegt rechts ab auf den Verbindungsweg hinter Haus 2, rollt vorbei an Haus 4, biegt wieder nach rechts und fährt im Schritttempo auf dem Weg zwischen Siedlung und Schrebergartenanlage. Wer gut langsam fahren kann, kann besser schnell fahren, sagt Danilos Vater und lächelt. Er bringt seinem ältesten Sohn das Autofahren bei, damit er nicht so viel Geld in die Fahrschule tragen muss. Er macht, was Väter machen. Ellen steht am Fenster von Haus 4 und sieht dem Wagen nach. Sie ist nackt bis auf ein altes T-Shirt von Hussein, das ihr gerade über den Hintern reicht. Der Schreibtisch hinter ihr ist voll mit Papieren. Sie lernt für das Abi, für die Klausur im Mathe-LK. Sie ist angemeldet mit eins Komma zwei. Die Beste im ganzen Kurs. Paschen hat ihre Eltern zum Essen eingeladen, um sie zu überzeugen, dass Ellen Mathematik studiert, er hat ihnen seine Hilfe angeboten beim Ausfüllen der BAföG-Anträge und ihnen Informationsbroschüren mitgegeben von der Studienstiftung des deutschen Volkes. Ellen dreht sich weg vom Fenster und setzt sich an ihren Schreibtisch, ihre nackten Schenkel kleben auf dem Stuhl. Sie vermisst Hussein, seinen Körper, seinen Geruch, seine Hände in ihrem Schritt. Sie hat keine Zeit für ihn. Danilo biegt wieder auf die Paradiesstraße und gibt Gas, er schaltet vom zweiten in den dritten Gang und biegt diesmal links in die Römerstraße und nimmt die Kurve zur Bundesstraße, wo die Tankstelle liegt. Er fährt auf den Hof der Tankstelle und parkt an der Seite, vor der Säule mit den beiden aufgerollten Staubsaugerschläuchen. Sie steigen aus und atmen den Geruch von Benzin und Öl und Scheibenreiniger und gehen gebückt unter der Hitze der Frühsommersonne zum Tankshop, sie erschaudern kurz in der kalten Luft der Klimaanlage. Sie kaufen Eis. Sie reißen das Foliendeckelchen von ihrem Ed von Schleck, werfen es auf den Boden und eine Brise treibt es mit einem Sirren über den Asphalt, zwischen den Zapfsäulen hindurch zur Straße. Sie lehnen am Wagen und blinzeln in die Helligkeit und ihr Vater sagt: Wir dürfen nicht vergessen, Pamela ein Eis mitzubringen, die wird Hunger haben, wenn sie vom Schwimmen kommt. Marcel traut sich allein in den Tankshop, um das Eis für Pamela zu kaufen, und die Brüder und der Vater applaudieren ihm, als er zum Auto zurückkommt. Danilo verwuschelt ihm das Haar und startet den Wagen und fädelt in den Verkehr auf der Bundesstraße ein und macht einen U-Turn, wo nur Linksabbiegen erlaubt ist, und die Sirene eines Streifenwagens, der verdeckt vom Wartehäuschen an der Bushaltestelle gestanden hat, heult kurz auf und die Streife setzt sich hinter sie.

Woher kommt das? frage ich und Frankie antwortet nicht, weil er nicht weiß, worum es geht. Wir liegen am Hang des Schlossbergs im Gras und unsere Gedanken verwehen im Wind. Wir waren bei Hussein am Vormittag und haben zwei Gramm schwarzen Afghanen gekauft, der so ölig und schwer ist, dass wir ihn zerbröseln können, ohne ihn vorher mit dem Feuerzeug warm machen zu müssen. Alle paar Minuten schaut Frankie auf die Uhr, weil er um halb sechs zu Hause in Steinheim sein muss, um auf

Sabine aufzupassen, wenn Elke und Georg zum Konzert von Chris de Burgh nach Aalen fahren. Er hat sein Zimmer rot gestrichen, in das er vor sechs Monaten gezogen ist. Georg hat ihm geholfen dabei. Er hat ihm auch ein Hochbett gebaut, eins sechzig auf zwei Meter. Alle paar Minuten vergewissert sich Frankie, dass er seine Monatskarte für den Bus noch einstecken hat. Und ich flüstere. Aber niemand hört mich. Und Frankie antwortet nicht, weil er nicht versteht, worum es geht.

Ich bin schon immer hier gewesen, sage ich, und Frankie lacht, bis er merkt, dass er längst allein am Hang des Schlossbergs im Gras liegt. Er schließt die Augen und sieht sich in zehn, fünfzehn, zwanzig Jahren in Georgs Möbelhaus, das jetzt das größte Möbelhaus der Region ist, gemeinsam mit der Halbschwester schmeißt er den Laden. Sie verstehen sich gut. Sie feiern Weihnachten miteinander. Fahren in den Urlaub. Gehen schwimmen. Zum Squashspielen ins Bodyfit. Sie stehen verschwitzt an der Saftbar nach drei Sätzen, die ausgeglichen waren, weil Frankie nicht hundert Prozent gespielt hat, nur gegen Ende hat er angezogen, um zu gewinnen. Sie haben eine Wette laufen, wenn er jemals verliert gegen seine kleine Schwester, wird er im Möbelhaus in der Ausstellung nackt unter einem Tisch durchkriechen zur Geschäftszeit. Sabine sagt, dass sie einen jungen Mann kennengelernt hat, der ihr gefällt, dass sie ihn treffen wird am Abend. Marcel, Marcel Rabanser, sagt sie, und Frankie schüttelt den Kopf und antwortet, dass er nicht möchte, dass sie Marcel wiedersieht, dass er kein guter Umgang ist für sie, dass die Rabansers Asoziale sind, mehr Rudel als Familie, dass die von ihren Eltern nicht mal gelernt haben, wie man sich richtig untenrum wäscht. Sabine kräuselt die Nase, wie sie es immer macht, wenn sie sich ekelt. Ihr Telefon beginnt zu klingeln. Sie nimmt es vom Tresen der Saftbar. Es ist Marcel. Sie drückt ihn weg und schaltet das Telefon aus. Sie weiß, ihr Bruder hat recht. Frankie gehört hier zu denen, die immer recht haben, das hat er sich abgeschaut von Georg, es ist ganz einfach. Als Frankie die Augen öffnet, geht die Sonne langsam unter. Er steht auf und geht mit steifen Beinen den Hang hinab.

Woher kommt das, frage ich.

Sie schieben Danilo schon in den Keller vom Krankenhaus und öffnen seine Leiche auf der Suche nach dem Grund für seinen plötzlichen Herzstillstand. Sie wollen nicht zu genau schauen. Sie wollen nichts finden, was ihnen eine Mitschuld geben könnte. Sie hoffen, es meldet sich kein Angehöriger und fragt nach. Die Hoffnung ist durchaus berechtigt. Keine Krankenversicherung. Kein festes Einkommen. Die Leber fett. Die Lunge braun vom Teer. Wenn jemand von Danilos Angehörigen kommt, werden sie ihn leicht abwimmeln können. Darin haben sie Erfahrung. Bei ihnen sind schon einige Rabansers gestorben, sie hatten nie Probleme mit denen. Sie heben beschwichtigend die Hände mit den schmalen, goldenen Eheringen, sie entschuldigen sich wortreich, aber auch ein wenig arrogant. Sie sind beschäftigt, in Eile, sie müssen Leben retten, sich um Menschen kümmern, die mit ihrer Gesundheit dankbarer umgehen. Sie lassen die Angehörigen einfach stehen. Oder geben ihnen einen Termin für den nächsten, den übernächsten, den überübernächsten Tag im Wissen, dass sie nicht erscheinen werden, bis dahin haben sie sich erschöpft in ihrer Wut auf die da oben, bis dahin haben sie akzeptiert, dass sich nichts ändern lässt an der Welt. Bis dahin. Aber jetzt glitzert Frost auf den Dächern Paradies und Römer. Es ist windstill und kalt. Samstagmorgen. Ellen ist noch den Tag geblieben. Sie weiß nicht, warum. Vielleicht will sie, dass Frankie zurückkommt, vielleicht will sie doch noch zu Danilo ins Krankenhaus. Sie sitzt die Nacht auf dem Sofa neben ihrer Mutter und sieht fern und denkt daran, wie sie hier mit Frankie schläft, wie gut sich sein Körper anfühlt, knochig und doch weich. Sie wird ganz feucht und muss lächeln bei dem Gedanken an Frankies Gesicht, als er in ihr kommt.

Ellen stellt die Tasche mit Kinderkleidern, die die Mutter für sie gekauft hat, in den Kofferraum. Ihr Onkel trinkt oben Kaffee und erzählt den Mädchen Witze vom Fritzle: Das Fritzle steht auf der Brücke und weint. Kommt die Lehrerin vorbei und fragt: Warum weinst du, Fritzle? Sagt das Fritzle: Zwei große Jungs haben mein Pausenbrot in die Brenz geschmissen. Fragt die Lehrerin: Mit Absicht? Sagt das Fritzle: Nein, mit Leberwurst.

Ruby versteht den Witz nicht, Julie tut nur so, aber Franziska lacht und lässt sich zufrieden aufs Sofa fallen und leckt sich Marmelade von den Lippen. Ellens Onkel hat den Kindern Berliner mitgebracht. Als Ellen nach oben kommt, um den Rest des Gepäcks zu holen, sagt der Onkel zu ihr: Ein Rabbi, ein Pfarrer und ein Imam kommen in die Kneipe. Sagt der Wirt: Soll das ein Witz sein?

Ellen beachtet den Onkel nicht, der Krümel vom Berliner über den Tisch lacht. Er erinnert sie zu sehr an ihren Vater. Nur in dick und gesund. Und, dass die Witze des Onkels noch schlechter sind, als die ihres Vaters waren. Sie ist außer Atem. Sie fährt nie mit dem Aufzug. Einmal ist sie stecken geblieben, als sie aus Dortmund zurück nach Hause kam am zweiten Mai und schon drei Tage wach war und ewig brauchte, um zu kapieren, dass der Aufzug nicht mehr fuhr, dass sie feststeckte. Sie stand da wie festgefroren und schaute auf die Anzeige. Sie drückte den Alarm und eine Glocke rasselte. Sie schwitzte. Sie hatte Angst, dass der Aufzug abstürzt, sie hatte Angst, dass der Aufzug sich nie wieder öffnet, dass sie nicht lange genug einhalten können wird, sie hatte Angst, dass sie den Aufzug kaputt gemacht hat und zahlen muss, dass von hinter dem kleinen, dunkelroten Quadrat für die Anzeige der Etage ein Auge sie beobachtet, das nicht blinzelt, um keine Regung und keinen Gedanken von ihr zu verpassen. Sie hat heute noch das Gefühl, für Stunden eingeschlossen gewesen zu sein, die Alarmglocke immer im Hintergrund. Die Alarmglocke, die geht seitdem nicht mehr aus in ihrem Kopf. Sie hört sie immer. Immer. Nur beim Ficken geht sie manchmal aus. Jetzt wirft sie den Koffer in den Kofferraum, lehnt sich an den Kotflügel und brennt sich eine Zigarette an. Sie bläst den Rauch in die Luft. Sie trägt nur ein T-Shirt. Sie friert kaum. Sie fragt sich manchmal, ob das von den Drogen kommt, ob die ihre Nerven, ihre Synapsen abgetötet haben, dass sie keine Kälte mehr fühlen kann, keine Wärme mehr. Und, dass es ihr immer nur auf einem durchschnittlichen Niveau ganz gut geht, wenig Ausschläge nach oben, wenig Ausschläge nach unten, nie mehr, nie weniger. Sie lebt. Sie liebt ihre Kinder. Sie ist manchmal geil. Sie hat fast nie Zeit. Sie fragt sich manchmal, ob Annabelle aus der Reha noch lebt. Mit ihr könnte sie darüber sprechen, die würde sie verstehen. Vor ein, zwei Jahren hat Ellen sie auf Facebook gesucht, sie hat fünfzehn Frauen gefunden mit ihrem Namen. Die paar mit Profilbild waren nicht die Richtige. Sie hat sich nicht getraut, die anderen anzuschreiben. Sie brennt sich noch eine an. In Ruhe rauchen kann sie selten. Der Alte mit dem Rollator quietscht auf der anderen Straßenseite vorbei. Sie will sich nicht umdrehen, sie will ihn nicht grüßen müssen, sie will nie wieder hierher zurückkommen. Sie weiß, sie ist nie wirklich weggegangen. Ihre Mutter tritt aus der Haustür und kommt auf sie zu. Sie breitet die Arme aus und nimmt Ellen in den Arm.

Die haben angerufen wegen Danilo, sagt sie.

Ellen weiß, dass Danilo tot ist. Ich habe es ihr längst gesagt. Ich flüstere es ihr ins Ohr, seit sie mit Danilo ins Bett geht. Ich rufe es ihr zu, als sie über den Teststreifen pinkelt und die drei Kreuze darauf erscheinen, die Franzi ankündigen. Ich singe es im Takt ihrer Schritte, als sie mit geschwollenem Gesicht und schmerzendem Schädel die Treppen zum Eingang des Frauenhauses in der Bahnhofstraße hinaufsteigt, die Kinder wie Entchen in einer Reihe hinter ihr. Ich schreie sie damit aus dem Schlaf, wenn sie fünf Bier und eine halbe Flasche Schnaps trinken musste und die Kinder am Morgen hungrig und verloren in der Küche stehen und nicht die kleinste Ahnung davon haben, wann und wie ihr Tag beginnt. Das sagt sie ihrer Mutter nicht.

Onkel Emil wird fahren wollen, sagt Ellen und löst sich aus der Umarmung. Sie pafft ein paar Mal an ihrer Zigarette, bis die Glut wieder richtig glüht, und zieht und inhaliert tief, hält die Luft an und genießt den kurzen Schwindel.

Willst du nicht noch hierbleiben, alles regeln? fragt ihre Mutter. Wirst du den Mädchen gar nichts sagen?

Später, sagt Ellen.

Franzi ist doch groß genug, sagt ihre Mutter.

Ich bin nicht groß genug, um Kinder zu haben, die Halbwaisen sind, sagt Ellen, ich bin nur groß genug für Kinder, die denken, ihr Vater macht eine gute Arbeit irgendwo weit weg in einem tollen Land.

Ich hol dir deine Jacke, sagt ihre Mutter, und sag Emil und den Mädchen Bescheid.

Danke, sagt Ellen und sieht ihrer Mutter nach, die wieder im unbeleuchteten Treppenhaus verschwindet. Ellen wirft die Zigarette auf den Boden und tritt sie aus. Bis sie zu Hause sind, wird es Mittag sein. Sie wird sich fünf Bier kaufen an der Tankstelle, den Kindern einen Film anmachen und Pizza bestellen. Sie wird nicht um Danilo weinen, das schwört sie sich und wischt sich eine Träne aus dem Auge. Sie denkt an die unaufgeräumte Wohnung, an das Spielzeug überall, die seit Wochen nicht gewechselte Bettwäsche der Kinder, das Geschirr in der Spüle. Sie denkt an Frankie. Sie denkt an Danilo. An seinen schönen, aufrechten Körper, an seine Kraft. Dass sie nie wieder jemanden kennen wird, der so stark ist und dabei gar nicht stark aussieht. Wie schön seine Hände waren, denkt sie, trotz der zerschlagenen Knöchel, wie schön seine blasse Haut war. Sie will nicht an Danilo denken. Sie denkt an niemand. Wind kommt auf und weht ihr das T-Shirt um den Körper. Wind weht hier immer.

30

Frankie, Frankie, ruft der Chef von der anderen Straßenseite herüber. Er hat einen Verband um den Kopf. Ein blaues Auge. Er lässt den Zweiundfünfziger-Bus passieren und kommt über die Straße gelaufen. Pfarrer Sickel steht auf dem Kirchhof. Er blickt auf seine Uhr und schüttelt den Kopf.

Ich hab versucht, dich zu erreichen, sagt der Chef.

Ihm fehlt ein Frontzahn.

Mein Telefon ist kaputt, sagt Frankie.

Sie geben sich die Hand. Sättler lächelt. Er fährt sich durch die Haare, schaut sich um.

Tut mir leid das alles, sagt er.

Ist denn der Strom bezahlt jetzt? fragt Frankie.

Ich will gar nichts wissen wegen dem Rabanser, sagt der Chef, was du mit dem zu tun hast. Alles ist gut. Hauptsache, dir geht es gut, Hauptsache, es geht weiter.

Gut, alles prima, sagt Frankie.

Wir haben einen neuen Zahnarzt als Kunden, sagt Sättler, der will uns alle seine Arbeiten schicken, außer Geschiebe und Teleskop.

Schön, sagt Frankie.

Problem ist nur, sagt der Chef, ich muss sechs Wochen weg, ich mach Kur wegen dem Spielen, hab ich meiner Frau versprochen. Du kannst den Laden alleine schmeißen, da bin ich sicher. Ich spiel zwar jetzt schon nicht mehr, aber ich hab die Kur meiner Frau versprochen.

Alles alleine? fragt Frankie.

Fünfhundert Euro mehr Gehalt, sagt der Chef, netto. Und Prämie. Umsatzbeteiligung. Büro macht meine Frau.

Ja, sagt Frankie, das klingt gut.

Du bist mein Mann, sagt der Chef, du bist der Beste.

Ich muss, sagt Frankie und zeigt zu Pfarrer Sickel, der in der Eingangstür zum Kindergarten steht.

Ich bin Montag, Dienstag noch da, sagt der Chef, dann besprechen wir alles in Ruhe im Labor.

Frankie nickt.

Ich treff gleich den Zahnarzt, wir klären den Rest, sagt der Chef, wir schaffen das, du und ich.

Bis Montag, sagt Frankie und der Chef eilt davon.

Ihre Frau hat keine Zeit? fragt Pfarrer Sickel, als Frankie über den Kirchhof geht. Pfarrer Sickel steht immer noch in der Tür des Kindergartens.

Die sind bei der Schwiegermutter das Wochenende, sagt Frankie.

Mir wäre es lieb, Frank, sagt Pfarrer Sickel, wenn wir unsere Kommunikation verbessern könnten. Gestern früh erst hat Ihre Frau den Erzieherinnen mitgeteilt, dass Silvester vorerst nicht mehr in unsere Einrichtung kommt, dass Sie für längere Zeit im Schwarzwald sein werden. Muss ich Sie an das achte Gebot erinnern?

Müssen Sie nicht, sagt Frankie.

Haben wir denn noch eine Grundlage, auf der wir das angedachte Gespräch führen können? fragt Pfarrer Sickel.

Schnee beginnt in dicken, weichen Flocken zu fallen. Frankie blickt hoch zum Pfarrer. Der Pfarrer lächelt.

Ich erzähle Ihnen mal eine Geschichte, Frank, sagt er.

Aus Ihrer Zeit in Afrika? fragt Frankie.

Der Pfarrer lacht.

Nein, sagt er, wissen Sie, ich habe als junger Mann den Kriegsdienst verweigert. Das war damals nicht ganz so einfach wie dann in den Jahren später zu Ihrer Zeit. Aber ich hatte gute und ehrliche Argumente, wegen meiner kirchlichen Tätigkeit schon damals, weil ich mich berufen sah, Geistlicher zu werden und so weiter. Und was auch reizvoll war an der Kriegsdienstverweigerung – oder meiner Wehrunwilligkeit, wie mein Vater sagte –, neben dem Nicht-angeschrien-Werden und dem Nicht-den-ganzen-Tag-im-Matsch-kriechen-Müssen war die Aussicht für mich, den Zivildienst in den USA ableisten zu können. Warum und wieso, das ist egal. Um es kurz zu machen, die erste Hälfte war ich so eine Art Hausmeister in der Basilica and Shrine of our Lady of Perpetual Help in Boston. Das war eine tolle Zeit. Die Stadt, die Menschen. Was ganz Neues für einen Buben von der Schwäbischen Alb. Könnte ich ein Buch drüber schreiben. Die zweite Hälfte meines Dienstes leistete ich im schönen Florida in einem Altersheim. Auch eine tolle Erfahrung. Anders. Ich kann Ihnen sagen.

Der Pfarrer lacht und wird rot.

So viele sexuelle Avancen wurden mir zuvor und danach nie wieder zuteil. Worauf ich aber hinauswill, ist die Zeit nach dem Ende meines Zivildienstes. Ich flog nämlich nicht zurück, wie ich es hätte tun sollen. Ich heuerte an als Bootsjunge auf einer großen Segeljacht. Sie gehörte dem Sohn eines Gastes in dem Altenheim. Und obwohl ich wusste, dass während des Törns mein Visum auslaufen würde, dass ich danach ein Illegaler wäre, ging ich mit auf die Fahrt. Und was ich gesehen habe, ist wirklich unbeschreiblich. Wir segelten durch den Golf von Mexiko, vorbei an Kuba, durch das Karibische Meer, die Farben, die Wasser haben kann, vom hellen Grün zum dunkelsten Blau, das glauben Sie nicht. Ich habe den Blas von Blauwalen gesehen, hoch wie ein Haus und eine Schule Delfine in einer wilden Hatz auf eine verirrte Robbe. Wir segelten durch den Panamakanal, die Baja California hoch bis nach San Francisco. Ich begriff zum ersten Mal wirklich, wie groß und unfassbar Gottes Schöpfung ist. Als ich die Pfeiler der Golden Gate Bridge aus dem Nebel ragen sah – ich hatte Wache, die Sonne ging gerade auf –, kamen mir die Tränen. Und ich kann Ihnen eines sagen, auch wenn mir diese Entscheidung viel Ärger einbrachte, habe ich sie keinen Tag bereut und es war mir danach ein Leichtes, mein Leben unserem Herrn Jesus Christus zu Füßen zu legen.

Pfarrer Sickel hält die Hand auf, um eine Schneeflocke zu fangen. Verstehen Sie? fragt er.

Die Schneeflocke schmilzt in seiner Hand, bevor die nächste gelandet ist.

Denken Sie ein wenig darüber nach, vielleicht heute im Laufe des Tages, sagt der Pfarrer.

Ja, sagt Frankie.

Was ich aber sagen will, ist, sagt Pfarrer Sickel, Gelegenheiten – wie Eier – kommen immer eine nach der anderen.

Frankie nickt.

Melden Sie sich, sagt Pfarrer Sickel, wenn Sie und Ihre Frau sich geeinigt haben.

Er zieht die Eingangstür des Kindergartens zu und schließt ab. Frankie geht vom Kirchhof und brennt sich eine Zigarette an. Fünfzig Meter weiter tritt der Chef aus dem Labor. Er trägt Frankies Arbeitsmikroskop über der Schulter. Er gibt es einem Mann, der vor dem Labor an einem Wagen lehnt. Der Mann begutachtet das Mikroskop, nickt, öffnet die Beifahrertür, legt das Mikroskop auf den Sitz und gibt Sättler ein Bündel Geldscheine, bevor er in seinen Wagen steigt, in den Verkehr einfädelt und davonfährt. Der Chef zählt das Geld, rollt es zusammen und steckt es ein. Er beeilt sich, die Eisenbahnstraße zu überqueren, als ein Zweiundfünfziger an der Ampel anfährt. Er verschwindet hinter den elektrischen Türen der Spielothek. Der Verkehr auf der Eisenbahnstraße rollt.

Wann warst du das letzte Mal mittags hier, fragt Toni mit einem Lächeln, als Frankie das Klubheim betritt. Frankie nickt und setzt sich an den Tresen. Toni zapft ihm ein Bier. Frankie trinkt es mit dem ersten Zug zur Hälfte aus. Acki winkt vom Spielautomaten neben der Tür. Er trinkt Kaffee aus einem Pappbecher vom Backshop.

Nicht viel los um die Zeit, sagt Toni und schreibt etwas auf einen Zettel und lacht, Kelsch, wie konnte ich Kelsch vergessen, und streicht durch auf seinem Zettel und notiert neu.

Das Kopfballungeheuer von Bad Cannstatt.

Acki versucht, die Leiter am Automaten hochzudrücken, kommt aus dem Takt und schlägt mit der Faust gegen die Scheibe. Frankie trinkt sein Bier aus. Toni beginnt, ihm ein neues zu zapfen, Acki steht auf und geht zum Klo.

Petra ist weg, oder? sagt Toni, als die Tür sich hinter Acki geschlossen hat, und stellt das Bier vor Frankie auf den Tresen, ich hab sie gestern mit Silvester und einem großen Koffer in den Zweiundfünfziger steigen sehen.

Ihre Mutter besuchen, nur paar Tage im Schwarzwald, sagt Frankie.

Der Koffer war groß und schwer, sagt Toni.

Acki kommt vom Klo zurück und Toni sagt: Hast du dir die Hände gewaschen?

Keine Seife mehr da, sagt Acki.

Toni schüttelt den Kopf und blickt zu Frankie und nickt: Habt ihr gehört von dem Preisausschreiben? Stuttgarter Nachrichten? VfB Jahrhundertelf? Fünf Mille werden verlost.

Hast du Elber? fragt Frankie.

Wie konnte ich Elber vergessen? sagt Toni und streicht durch und notiert neu.

Elber muss rein, sagt Acki.

Verteidigung? fragt Frankie. Förster und Schäfer?

Und Toni schüttelt den Kopf: Buchwald und Schäfer.

Wir hatten viele Gute, sagt Acki.

Frankie beginnt leise zu singen: Wir wollen Stuttgart, wir wollen Stuttgart, wir wollen Stuttgart siegen sehen.

Toni und Acki stimmen mit ein: O wie wär das, o wie wär das, o wie wär das wunderschön.

Immerhin vier Mal Deutscher Meister, sagt Toni.

Immer wenn die anderen schlecht waren, sagt Acki.

Immerhin, sagt Frankie und trinkt sein Bier aus in einem Zug und bestellt ein neues und einen doppelten Jägermeister dazu. Toni hebt die Schultern und zapft das Bier und gießt den Schnaps ein.

Kein Weib, kein Geschrei, sagt Frankie und kippt den Jägermeister. Er steht auf und geht zum Fenster und blickt hinaus zu der Stelle, wo der Wasserrohrbruch war, wo die Arbeiter im Licht der Scheinwerfer um das Loch im Boden standen. Schnee liegt jetzt in der gesamten Eisenbahnstraße. Dort draußen ist ein Paradies, rein und eben und still und schön.

Die bauen hier eine autofreie Siedlung, sagt Acki, wusstest du das, Frankie?

Die Bahn hat das ganze Areal hier hinter verkauft, sagt Toni, das wird alles neu und schön und klimaneutral.

Und aus dem Norma wird ein Bio Company, sagt Acki.

Wo kannst du da jetzt hin, Frankie? frage ich.

Er breitet die Arme aus: Wer sagt das?

Stand vorgestern in der Zeitung, sagt Toni, und genau hier aufs Klubheim kommt der Carport, damit die schön ihre SUVs parken können. Deshalb haben die meine Pacht letztes Jahr nicht verlängert.

Der Geldspielautomat spielt eine Melodie. Acki lacht und klatscht in die Hände. Münzen rasseln in die Ausgabeklappe des Automaten.

Lokalrunde, ruft Acki.

Wo gehst du jetzt nur hin, Frankie? frage ich.

Frankie lässt die Arme fallen und hebt die Schultern.

Was willst du trinken, Frankie? ruft Acki.

Rum mit Cola, sagt Frankie, als sich ein Zweiundfünfziger langsam die Eisenbahnstraße herunterbewegt. Er kommt ein wenig ins Rutschen auf dem zu Matsch gefahrenen Neuschnee. Frankie wendet sich ab vom Fenster, trinkt am Tresen sein Bier aus und den Rum mit Cola, legt einen Schein hin und sagt: Ich muss auf den Bus.

Er tritt aus der Tür und läuft los zur Haltestelle, hundert Meter weiter die Eisenbahnstraße runter. Er schlittert mehr, als dass er rennt.

Wo fahren wir hin jetzt? frage ich ihn.

Das verrat ich dir nicht, sagt Frankie.

Sag doch, wohin? rufe ich über dem Wind.

Frankie rennt und schweigt. Der Zweiundfünfziger steht an der Bushaltestelle. Niemand steigt aus. Frankie lacht, als er zur Bustür schlittert, bevor sie wieder schließt. Er fummelt Kleingeld aus der Tasche. Er lacht klar und hell und laut. So hab ich ihn nicht lachen hören, seit wir Kinder sind. Und er schämt sich nicht dafür.

DANILOS POSTKARTEN

S. 125 *What has changed me into something I don't know?* Aus: Shock Therapy, »Hate Is Just A Four Letter Word«.

S. 125 *No tears for the creatures of the night.* Aus: Tuxedo Moon, »No Tears«.

S. 125 *Captain, there are doubts regarding your ability to lead them.* Aus: fIREHOSE, »Brave Captain«.

S. 125 *Container love, the years have passed, the rainbow shows.* Aus: Phillip Boa and the Voodooclub, »Container Love«.

S. 126 *When I'm out walking I strut my stuff.* Aus: Violent Femmes, »Blister in the Sun 1984«.

S. 127 *There are things that I'd like to say but I'm never talking to you again.* Aus: Hüsker Dü, »Never Talking to You Again«.

S. 128 *I've got a train driving through my head.* Aus: Dead Moon, »54/40 or Fight«.

S. 128 *With your feet on the air and your head on the ground* Aus: Pixies, »Where Is My Mind«.

S. 129 *Love, love will tear us apart, again.* Aus: Joy Division, »Love Will Tear Us Apart«.

S. 131 *I am a patient boy.* Aus: Fugazi, »Waiting Room«.

Die Zeile *Die Wehen singen schon ihr Lied, junge Knochen, kurzes Glück* auf Seite 48 stammt aus dem Song »Kinder kriegen Kinder« der Band Dackelblut.

Patrick Findeis

Paradies und Römer

Roman

liebeskind

Sämtliche Figuren und Ereignisse in diesem Roman sind vom Autor frei erfunden. Ähnlichkeiten mit realen Personen oder Geschehnissen wären rein zufällig.

Der Autor dankt der Abteilung Kultur der Berliner Senatsverwaltung.

© Patrick Findeis 2022
© Verlagsbuchhandlung Liebeskind 2022
Alle Rechte vorbehalten

Umschlagmotiv: plainpicture / Manuel Krug
Typografie und Satz: Frese Werkstatt, München
Herstellung und Umschlaggestaltung: Robert Gigler, München
Druck und Bindung: Friedrich Pustet, Regensburg

ISBN 978-3-95438-141-8